TRACE

一座城市、一個影像、一段見聞、一首詩……，
在 **TRACE** 系列裡，一個新發現，就是一個美麗新世界……。

如同 **TRACE** 這個字的涵義，是微觀的探索，是過往的痕跡，是一個清晰的圖樣與描述，也是一段追蹤、回溯與新發現。

東京・豐饒之海・奧多摩

董啟章＝著

在乾淨異常的日本，連颱風造成的破壞都顯得特別俐落東京這個現代化得過分的城市，在奧多摩隱藏了翠嶺幽徑，文學與音樂相伴隨行，把所有的不安和疑慮，通通投進豐饒之海裡。

TRACE 02

JAPAN

目錄 Contents

目錄
Contents

序一

不和諧對位的命運主題

成英姝

一開始，我想先提一個與這篇《東京．豐饒之海．奧多摩》無關的問題，也是董啓章在文內提出過的問題：爲什麼椎名林檎的音樂會變成暢銷曲呢？

椎名的音樂不但風格強烈，她所寫的詞更是莫測高深，她所經營出的視覺表演華麗卻暗藏攻擊性，從她的作品中看不到一絲媚俗，爲什麼她在市場上會獲得成功？想必董啓章自己很確定他感受了椎名的音樂中某種不可思議的部分（也因此才寫出了《體育時期》這部小說，「不是蘋果」的故事），並且了解椎名與她的歌迷所建立的共鳴，可是要如此便相信這是椎名的音樂奪得排行榜高名次的理由，也太過天眞了吧！豪華、精緻的藝術產品所消耗的資本是相當可觀的，要想在資本主義市場的媒體和通路現狀突圍，沒有握有強大資源的發行商在撐腰根本辦不到，那麼唱片公司投資椎名的原因是什麼？當然理由只有一個，他們認爲椎名的音樂會賺錢，問題是，爲什麼連這些銅臭腦也認爲椎名的音樂會賺錢？

那麼，這難道也不可能就是董啓章在《東京・豐饒之海・奧多摩》這篇遊記裡質疑且反對的消費過剩的社會才有可能發生的情形？一個只提供最基本需求數量產品的社會，很有可能這些產品都得符合最大眾人口的水平。董啓章認爲日本是很典型的產品過剩國家，這點他說的絕對沒錯，可是日本也就是因爲產品過剩，才能看到各式各樣最富創意、不同流行、眼光超前的產物。雖然董啓章的日本之旅印證了日本商品的大量多餘，但事實上，因爲持續性的全球不景氣影響，這幾年日本的商品數量下滑得很嚴重，商品的生產變得保守，很明顯的已經全面性朝媚俗的方向走，創造性的動能與之前相比，到了可憐的程度，風格化的東西已經變得非常少見了。

集結各個環節上最優秀的技術（設備和人員）和頂尖的藝術家團隊，打造出最高水準的成品（也比低成本的商品能提供更高的產值），是資本主義社會的產物。在英國的自家車庫用最簡陋的採樣和混音器做出充滿活力的音樂的人，終究也不能停留在這個地步，聽到紐約的昂貴錄音室做出來的東西，也總想做出更精準飽滿的效果來。然而，個人是否要屈服於市場現實，並不只是社會經濟體制的問題，其從《東京・豐饒之海・奧多摩》也可以感受到，是那種更具有決戰性的焦慮。

若要問我椎名的音樂成功的原因，老實說，我的答案是，「宿命」。特立獨行的叛逆形象、強烈的自我意識、高亢的吶喊女聲、大玩眞假音轉換的哭腔技巧、包辦詞曲創作、走在流行尖端的概念化造型和視覺，從Cranberries至Bijork、Alanis Morissette……清一色具有這幾項特色，多少會讓唱片公司意識到「這，就是風潮」！事實上，同時期因爲歐洲幾個電音樂團的異軍突起，發生了九〇年代後期奇特的另類音樂主流化的現象，而這股風潮也隨著經濟不景氣消失了，電子音樂全面性地倒向沙發音樂，眞要命……說到這兒，我是眞的認爲椎名暢銷的理由就是這個嗎？其實，我是在導向一個我自己也不是百分之百有把握的結論：不建立在與人類群體能夠呼應和對話上的自我實現，是不成立的。

即便是董啓章在文章裡數度提到的梭羅，也並非只滿足了他個人的不從流俗（純粹地反社會、反文明），而傳達了讓社會重新審視原有價值觀的期望。

在《東京・豐饒之海・奧多摩》裡，董啓章談到日本青少年的自我隔絕現象，疑問他們是出於主動地對社會鄙棄，還是出於身不由己地怠惰、逃避、頹廢和自我放棄？很顯然董啓章心中的答案是後者。那麼，他們爲什麼會逃避和自我放棄呢？答案很簡單，他們確實沒有多麼深層的思考，也沒有服從於更寬闊的自然追求，但是他們曾經努力但笨拙地想尋求一個和這個社會的共鳴，可是卻失敗了，他們把自己隔絕起來是因爲他們根本喪失了屬於自己的生存方式。這部遊記裡描寫的一些現象，其實並非日本的實貌，比如說董啓章所觀察到的乏人問津的代官山，很有可能是因爲他挑在一個非假日的晚上造訪那裡，其實代官山確實是個性時尚的大本營，我在週末造訪那裡，Supereme、Silas、Ape的Foot Soldier、Beams、Adidas的專賣店都被年輕人擠爆，而這些店裡的商品數目都極少（雖然與董啓章所想的商品過剩相反，但是刻意將商品限量化造成稀有的珍奇感，也是這幾年日本流行的莫名其妙的行銷操作模式）。

這種歪曲指向突顯出董啓章這部作品的基本態度，一種缺乏同情的批判。這是很有意思的地方，其實在這部刻意任性放縱自己筆隨意走的遊記當中，董啓章最吸引人的身分仍然是一個創作者，我並不是指這個身份之於遊記本身（董啓章的作品一向擅玩眞實與虛構的曖昧互換），我指的是一個創作者所擁有的尖銳敏感，在這裡仍然超過一個典型的知識份子。後者也許從分析社會體系的結構運作，對體制抱以挑戰和質疑的態度，可是一個創作者的出發點卻是根源於他所理解、感受和堅持的美好而重要的事物。

九四年以〈安卓珍妮〉獲得聯合文學新人獎中篇小說獎，在台灣文壇引起極大驚艷，這篇秀逸的中篇小說（收錄在同名小說集）遠比許多經營女性書寫的作品更不俗，當時令評審皆認定必然是女性創作者，待作者身分揭曉，雜誌社的人仍面不改色認爲董啓章必然是男同志，隔二年董啓章偕妻子（當時兩人還未結婚）來台，雜誌社還是認爲這兩人是「障眼法」，如今孩子新果都生下來了呢，哈哈，這個我一直都不敢告訴董啓章……。隨後出版《雙身》，董啓章在台灣便被歸類爲性別書寫的小說創作者，然而他接下來出版的《地圖集》卻精妙地重構了一個香港的城市歷史，到了《衣魚簡史》又展現出另一種層次詭譎的小說世界，再看他在香港出版的作品，《家課冊》和《小冬校園》充滿青春氣息，《名字的玫瑰》在台灣要算是「都會寫作」吧！《The Catalog》則接近那種「廣告人的實驗性作品」，《貝貝的文字冒險》是給青少年的小說指導課，《體育時期》寫少女，卻又不同於早期的校園故事，刻意經營出暴烈的場景。稍用心者便會覺察這當中奇異之處，很少有小說家的作品面相那麼不統一，不得不使人猜想，這是因爲作者不斷地做各種嘗試，從不同的角度試圖去和讀者溝通呢？還是剛好相反，作者完全放棄了和讀者溝通的企圖，而一意孤行地照自己的意思埋頭去寫？

也或許，兩者都有吧。

我不知道董啓章是否了解到他的作品與讀者所發生的呼應和對話，終究絕對是超過他自己的想像。回到董啓章看待這篇遊記的結構，只是行程簡單的三日遊，記錄了種種瑣碎細節、聯想、思考、回憶，下筆的時候恣意漫遊這些好似無關的思緒，竟成了洋洋灑灑六萬字，最後印證了「再沒有無關痛癢的事情，只要我們用心探究下去，所有的事情也是關聯的。」那麼，再繼續用心探究下去，我們，所有的人，這個世界所發生的所有事，也，都是相關聯的。董啓章在文中談到顧爾德的Idea of the North，「無論相互間有多少分歧，聽著這些交替地冒現，消失，重疊，分離，以致常常沒法辨別和聽清的聲音，融合在音樂似的對達性的流動中，一個確切的，令人信服的北部意念卻漸漸形成。」這也不就是人類群體的面貌嗎？和諧的，不和諧的，能被接受的，和不能被接受的，在一個超越的傾聽中，彼此呼應著，套進納博哥夫詮釋自傳的總結，追溯我們所有的人曾經存在的記憶，貫穿了整個宇宙的主題設計。

序二

命運交織的汽車旅館

駱以軍

董啓章的這本遊記令我想起卡爾維諾的《命運交織的城堡》：卡爾維諾把這本書當作一部繁衍敘述的「機器」，他以塔羅牌的二十二張「大阿爾卡那」和五十六張「小阿爾卡那」（分幣、劍、杯、棍四種花色）隨機排列，構成故事，在「命運交織的城堡」裡，組成個別傳奇的卡片整齊地以水平或垂直行列排放；「命運交織的酒館」中它們則形成更不規則輪廓的區塊，在牌型中心地帶重疊，幾乎所有故事出現的卡片都匯聚於此。卡爾維諾說：「我被這個以一組塔羅牌召喚所有可能故事的惡魔主義所蠱惑。」他說：「我惦記對莎士比亞的哈姆雷特、馬克白和李爾王的仿作；我不想失去浮士德、珀瑟瓦、伊底帕斯，和許多其他眼見在塔羅牌中浮現與消失的著名故事……」但當他耗竭心智在相同的中世紀——文藝復興的象徵中打轉，他亦不禁想到可否利用「現代」的視效材料反映當代集體的無意識心靈？

卡爾維諾提到一本他並未眞正進行的書名：《命運交織的汽車旅館》：連環漫畫、歹徒、受驚的女人、太空船、蕩婦、空戰、瘋狂科學家……

這樣一本不存在的夢幻之書，卻一瞥即逝地出現在董啓章的遊記書裡：現代性的視覺場景（透過旅次中所穿行通過的飛機內艙、機場大廳、飯店早餐、行道樹、商街、電車上行色匆匆之在地人身影，甚至像購車票、免費試吃納豆、被不完善之旅遊書漏掉的百年老店或川端康成常去之咖啡屋……），現代性的心靈如何在旅次中隨性攜帶之書、該書所召喚之另一本書，或是旅次所睹所置身場景與之前在某某小說家故事中描敘場景之比對；再加上旅次中的小說家將官能天線全部打開，同步混音百科全書知識式的評註、插播和旁白……如此龐大且繁複一如哥特式教堂建築拱頂，一種朝上膨脹成天體或宇宙之縮影的幻念；卻同時因旅次城市之記憶、小說家本人之記憶、那些他提及的偉大小說段落的記憶，而「從不斷累聚的陰影往下望」……，將那個在書末從英日會話對照小手冊上摘下的一小句話：「I'm agnostic.」——我是不可知論者——旅次時空中某一橫切面的「歧路花園」，小說家的某幾種可能（而不是全部的）心靈牌序，分割排列成（也許卡爾維諾未及完成的）「偏菱形、星形、登上三度空間，變成立方體、多面體」……

譬如說，他在旅次將要展開之初，便暗示著災難的意象不斷像水族箱打氣馬達的小泡泡成串浮昇（一個台灣醫生到日本旅行回國後發現染上非典型肺炎，懷疑有隱瞞病情之嫌……大阪和北海道一些旅店更拒絕讓來自疫區的旅客入住；日本東北地區海岸又發生七級地震，震央最接近仙台；或是他想起年輕時獨自旅行北義大利一個小山城的聖方濟各教堂，幾年後在電視新聞上看到該教堂在地震中樑柱倒塌的畫面，和美麗小城頹圮敗瓦之景象，『彷彿就像目睹自己的青春在瞬間崩壞』）；又譬如說，他在與妻子決定這次旅行必須將八個月大兒子留在香港，一種奇異的、對離散（這是二十世紀除了戰爭和大屠殺，最深沉痛苦的大敘事母題）的擴延想像，他花了相當多的篇幅介紹德國當代作家W.G.Sebald的書，他的一本小說所寫的Kindertransport這個行動——一九三八年十二月，第二次世界大戰爆發前夕，一個志願行動把一萬個生活在德國、奧地利及捷克的猶太裔小孩子轉載到英國接受庇護。他們的父母大都死在及後的納粹集中營裡。沒能趕上Kindertransport的猶太兒童，其後也死於毒氣室，爲數估計達一百五十萬——且由這種孩童的離散，預言著此後這些孩子將成爲永恆的漂流者的，火車月台意象，浮想聯翩至納博哥夫的小說，納博哥夫在自傳中提及的「時間恐懼症患者」：懷著恐懼，觸摸黑暗，也要盡情享受逝去時光中的點滴。

於是這當然遠不是一本小布爾喬亞知識分子的旅行札記了：那像他所尊敬的大江健三郎（我讀到董啓章寫道：『一直以來，我把大江健三郎視爲人生反思的引導者，反覆閱讀他的小說和文章……』時，感到溫暖又感動），反覆在和葛拉斯、巴加斯．略薩、蘇珊．桑塔格……這些「世紀心靈者」的通信中提問的，二十世紀的毀滅性景觀和所謂「現代性」之傷害時刻。一如大江所說：「這樣的小說家不可能幸福。」因爲他看見了全景：這一輩子他已寫過或未寫出的小說，別人寫過或未寫出的小說：那是「個人的體驗」，卻也是漫漫迢迢的旅途。

進入別人的經驗：廣島原爆那些在烈燄中扭曲呻吟的人形，像十九世紀末墨西哥潑薩達版畫上的主題：畸形兒、洪水、傳染病、彗星、幽靈、自殺；大批由火車運往集中營集體毒斃燒掉的猶太人；或是像溫德斯在他的紀錄片《尋找小津》中無法重覓小津電影裡那永恆靜美的日本人，取而代之的是旅館電視中的胸罩廣告、東京現代化街道的霓虹燈影、或是洋食店櫥窗裡粗密肖眞的蠟製美食模型；或是從大江的諾貝爾獎演辭《曖昧的日本的我》穿越，拆解或重看川端康成一九六八年的講題《美麗的日本的我》；或在旅次中面對湘南海岸風貌大喊「豐饒之海哪！」，從而令人眼瞎目盲地進入三島小說裡那個藏身於沙灘漁舟陰影中，妄想自己爲了追逐、置身在那個陰影中，而「必須變成大海」的狂情蕩慾女孩……

調快時光。旅途與永別主題的重覆協奏。直視暴力虛假的「曖昧的日本的美」。從大江健三郎的腦疝兒子大江光作曲的音樂像逆光潮流翻弄蕨草複葉那樣反思大江所說「我之所以對人基本上是信賴的，是因爲我知道孩子們身上有一種戰勝混亂的自律平衡感覺，或者說是一種整合的能力，換言之，就是有想像力。」或是從椎名林檎的專輯《加爾基　精液　栗之花》延伸到董以之爲原型的一個女孩所發展的小說《體育時期》……董啓章像從音控室的各種音效按鈕，從母體胎膜的各處絨毛，從時光隧道的各液態月台入口，從上面、下面、裡面、外面……將不同的我們這個時代的地獄變掛幅、城市的記憶構成術，或是世紀初無政府主義者預言式否定我們正錮禁其中之資本主義世界的緩慢時刻，全開閘灌引至他和妻子的這趟旅程。

這樣的「帽子戲法」，這樣透過修辭的魔幻華麗，移所換位至另一個主體，再藉這主體所可能提供之性格缺陷、懷舊照片之細節、隱喻的繁衍、幽微陌生的身體或空間的變化……模擬出一種乍看彷彿科學新知期刊文體般冰冷又疏離之描寫風格，其實透過那主體所展露的是如此浪漫幾乎呻吟哀喊「人啊人」的小說家狂執；這種近似修行的小說家內在景觀，文體重疊高低不同的語言層次，去投影那個複雜糾纏之「世界」，其實在董啓章之前的小說中比比皆是，甚至粗概一些可以說即是董啓章小說技藝的神祕核心：譬如他那篇驚動萬教的成名作〈安卓珍妮〉，女性主義語彙與生物學語彙的酬遞過程中，物種的類例成爲性別迷思的「偶然性——可能性」的冒險史詩之圖騰。董啓章利用斑尾毛蜥進化處境（斑尾毛蜥的單性生殖究竟是進化上的「停頓狀態」亦或「另闢出路」）質疑達爾文物種進化史觀所暗含之「淘汰」遊戲暴力邏輯；譬如他在〈衣魚簡史〉裡，那類近赫拉巴爾〈過於喧囂的孤獨〉，將世界隱喻成一座被粗暴玷辱的圖書館；同書裡的〈那看海的日子〉，他虛擬了一個想像態的台灣「鄉土文學」的世界，在其中以鄉土文學之修辭、語境、視覺元素僞扮演繹了一場抒情哀逝的愛情故事，而那個「假的鄉土」只爲了他對初識初戀後來成爲妻子的那個女孩之懷舊情緒，而這個女孩的畢業論文是寫台灣鄉土文學的；或是較近的作品〈天工開物之電報／電話〉，董啓章魔幻書寫他的祖先董富可以用電報和妻子的亡魂溝通，那種現代性的大劇場被壓縮成一「現代器械」（電報）——「遷徙流離」——「母親分娩」的蠻荒場景，這使他的大小說企圖進入現代中國痛苦震央的第一時刻，與莫言小說那些（如《檀香刑》）以肉身施虐，或「貓腔」對抗洋人槍砲意象與火車轟鳴巨響的大家族史，有了不一樣的況味。殖民地歷史總像破缺的鏡子投射到別人的完整時間的一部分，董啓章可以將科技時代的數碼化、無情感的冰冷……全內化擬狀成一可投影在人物心靈中的抒情全景。

對於這些「進出」、「擬造」、「不同時空不同語境的錯置疊合」，董啓章在他的新作《體育時期》裡，曾花了相當大的篇幅介紹一位二十世紀葡萄牙詩人費南多・佩索阿（Fernando Pessoa），這位生前未得到重視的偉大詩人，死後遺留下大量零亂手稿，但考據結果顯示，佩索阿一生曾使用七十二個名字進行創作，這些假名各有不同個性和生活背景，他們各有代表作品，不同的文風和文學理念，和頗爲詳細的生平事跡，他們之間互相認識，甚至互相批評。董啓章引了佩索阿的一段話：

「我創造了自己各種不同的性格。我持續地創造它們。每一個夢想，一旦形成就立即被另一個來代替我做夢的人來體現。爲了創造，我毀滅了自己。我將內心的生活外化得這樣多，以至於在內心中，現在我也只能外化地存在。我是生活的舞台，有各種各樣的演員登台而過，演出著不同的劇目。」

董啓章在這段話後加上一段他自己的疑惑（透過書中女主角的僞扮）：「作者們」

反覆探索生活當中感官經驗的眞實性和寫作中自我的虛構性，但那之間其實十分矛盾。如果寫作必然只能是一種扮演，一種假面的藝術，那麼片段的感官眞實還有可能言詮嗎？還有可能通過文字去重現嗎？如果眞實只存在於事物的存在本身之中，或者在個人感悟的當下之中，那麼抽象的沒有實質的語言重組還有什麼價値？

我們試著把這串提問轉向對著董啓章自己的這本遊記（或這趟日本之旅），會發現許多董反覆在不同文體、類型、語境仿擬的小說中無法全面展演的，竟在這一本遊記中完成了——也許該將此書視爲小說家自我技藝曝獻的「作家文論」（像《被背叛的遺囑》、《給下一輪太平盛世的備忘錄》、《小說的方法》、《波赫士談詩論藝》、《悠遊小說林》……這一類小說家言志的文論集）；而不是一本遊記，又或者那確是一趟旅程，但是較近似余華的〈溫暖和百感交集的旅程〉，你只是在旅次中闖進別人早已以亂針刺繡，繁複纏繞的夢境裡。在小說技藝的鐘面裡，余華說的極好：「我就像是一個膽怯的孩子，小心翼翼地抓住它們（那些偉大作品）的步伐，在時間的長河裡緩緩走去，那是溫暖和百感交集的旅程。它們將我帶走，然後又讓我獨自一人回去。當我回來之後，才知道它們已經永遠和我在一起了。」在這個鐘面的外面，我相信董啓章是那麼自信：「對小說家而言，沒有任何一種——不僅是片斷——感官眞實，是無法去言詮或以文字重現。」我相信幾乎沒有一種「眞實」或「感性經驗」是董啓章（或他的許多未來）不能擬造出來，不能以假面侵入的。用波赫士一些的說法是：「世界爲一本書而存在……我們是一部神奇的書中的章節字句，那部永不結束的書就是世上唯一的東西。」如同波赫士的小說《環墟》中，那個在荒廢的神殿中，痛苦地在夢中造人的術士，他要夢想出人的每一個細節，並將他引入眞實的世界裡。當他耗竭心力形容枯槁在幻影中造出他的孩子，他突然瞭解他也只不過是個幻影，另有別人在夢裡創造了他。我覺得小說這個行業若眞有較悲劇性的部分，即在於時間的永遠不夠。你必須要以等同於眞實的時間去擬造那個幻影中的世界，你要耗費更多的時間打造細節，才能將之引渡到眞實世界。當你擬造的那個世界愈清晰立體，你在眞實世界的生命燭火卻愈黯淡。用董喜愛的大江健三郎的方式，即像在《換取的孩子》中那個女孩勇敢自地底精靈世界將它們用冰雕假娃娃調包的弟弟奪取回來。「把自殺死去的伊丹十三，重新生出來！」作爲董啓章的小說讀者，幸運地是他藉著這一場不過發生在三日內的旅行繁花簇放地鏤刻了一座時光雕塑，將那漫漶無止息的小說時間暫時喊停，我們可以在這本偶然凍結的心靈琥珀或化石裡微觀找尋到他那許多小說蔓延出去的一些線索。作爲他的小說同業，我甚至在心底偷偷浮現一絲「他眞的曾經進行過這樣一趟旅程嗎？」之狐疑。這裡引一段董啓章在小說《體育時期》的句子作爲這篇序文的結尾，這段文字我抽離懸空的讀，每次讀著皆非常感動，不知爲何我覺得它可以作爲這本旅行書的引文，當然你可以畫蛇添足地將那兩個女孩的名字「貝貝」和「不是蘋果」，改成「客途流動中的董啓章」、「香港」、「讀者」，以及「大江健三郎」、「Sebald」、「納博哥夫」、「椎名林檎」、「曖昧的日本」，還有「那個歧路花園的，許多小說作者的董啓章」：

……貝貝不知道自己是不是能夠理解不是蘋果的感受，從事實方面講，她們的經歷是那麼的天南地北。可是，在表面的差異底下，是存在著早前提過的隱晦的共同感這種東西吧。這種東西和性格無關，也和背景無關，也和抽象的存在論或者神祕主義

式的性靈現象無關，而是一種潛藏在身體內的，從感官一直膨脹到自我的界限的東西。那不是人與人之間的精神融和，或身分認同，那反而是確認了人以身體作為界限的必然互相阻隔，才能體會到的站在同一個境況內的共感。那也可以說，是本質上的孤獨和無助的共感……

1. 第一天
啓程

在飛機座位前方的小電視畫面上，看到日本正受第四號颱風吹襲。天氣報告的內容是當天清晨錄影的，反覆播放颶風在各個縣市肆虐的情況，那些地名十分陌生，只知道受影響的主要是本島西南部的區域。日本是個十分乾淨的國家，連颱風造成的破壞也顯得特別俐落，井井有條，亂中有序。巨浪拍打堤岸的畫面比想像中呆滯，攝影機穩妥猶如隔岸觀火；倒塌的橋樑和給沖走的汽車一副無傷大雅的樣子，看來就像那種觀眾自拍錄象節目中的逗笑意外場面；無人的街道上躺著不覺毀壞的簇新單車，有點像爲了電影效果而置放在那裡的道具；屋簷的滴水和空洞的門廊的特寫鏡頭滲透出一陣陣清幽的氣息，甚至是些微牽強的禪意。我覺得那和旅遊風情畫分別不大，讓我像吃頭盤一樣淺嚐異國的情調。可是在節制的背後那畢竟是一股不可理喻的力量，只要它隨便動一個指頭，就可以把你迎頭痛擊。我沒有戴上耳機，只有兩個手掌大的畫面在無聲播放，展現著寧靜的災難。不用言語輔助，也可以從圖表知道，颱風已經於早上登陸。今日的天氣預測是：本島廣泛地區下雨，但明日開始東京一帶轉爲驟雨和間中有陽光。至於後天六月二日，也即是我生日當天，東京一欄出現的圖象是雲團和太陽，大概就是陰晴不定，但未至於太惡劣。風暴已是強弩之末了。和其他正在延續或者剛剛過去的禍患相比，四號颱風只是例行公事，或者，只是禍患總體中的一個小小的表徵。

首先看天氣報告的是坐在欣右邊的日本女乘客，大概因爲歸心似箭，特別關心本國的狀況。她身材矮小，剪了個像銀行經理那樣保守而整齊的左邊分界男裝短髮，髮色灰白，配戴一副日本中年以上一代偏好的電視螢光屏式的大鏡片金屬框眼鏡，眼睛相對來說卻瞇得很小。她和兩個很少互相談話的同伴穿的也是輕便服，看起來就像那種專程由日本組團到香港新界郊區觀鳥或者非法捕殺瀕臨絕種蝴蝶的野外活動愛好者。可是她看來已經頗爲疲倦，看了一兩次重播的天氣報告就摘下厚重的眼鏡閉眼假寐。事實上這個全日空的班機上特別多日本人，香港旅客佔少數，大概只有兩個小旅行團的數目。因此這班機也比較靜。我學著日本乘客把顯示屏調到天氣報告頻道的時候，大概是起飛之後一小時，即是二〇〇三年五月三十一日下午四時，日本時間下午五時。爲了顯示自己不是旅行初哥，我不急於調校手錶。我自然想到，下午四點兒子大概還在午睡，未調校的時間讓我感到和留在家裡的兒子親近一點。時差這種現象有時比空間更強烈地把阻隔感灌注到我們的意識中。基於我們肉身的渺小，我們沒法具體看到越洋過海那個幅度的距離，但我們只要想到，當我所在的地方旭日初升而對方身處的地方卻剛剛日落，就足以陷入難以稀釋的寂寞之中。如果想像力不夠，只要打一通電話給對方，就可以具體觸摸這種無形的藩籬。那怕只是一小時的差別，也足以造成空間錯開的懸盪感。

我不知道欣有沒有同樣的想法，但我當時沒有跟她說。對於這次日本旅行，我沒有具體的期望。甚至可以說，到了已經坐在飛機上，還是有點心不在焉，好像只是坐在過山車的座位裡，扣上安全柵，被動地等待著遊戲機開動，並且好像已經預想到車子回程，原地離去的情景。至於過程中的風景，是無論如何也比走馬看花更模糊的了。我對於在這時候去旅行，就算只是短暫的幾天，本來是有點保留的。半個月前，在欣生日當天，我們到西貢慶祝，在滿記甜品店裡吃著楊枝甘露和西米布甸的時候，欣問我要什麼生日禮物。我一時答不上來，她就嗖地從背袋裡抽出一張縐巴巴的單張，上面印著旅行社的套票資料。去東京只要二千多一位，好抵呀！欣說。事出突然，我的臉一僵硬，她就說：你放心，我還未訂票。她的期望和我的反應多少反映了大家性格上的差異。我不是那種即興的，隨意而行的人，旅行往往要預早兩三個月準備，就算是日常出門前也會預先計劃路線和計算所需時間。兩個星期後就出發，讓我有點措手不及。而且，我考慮到的是，香港的非典型肺炎疫情還未完全消除，這時候跑去別處玩好像有點不妥當。可是有什麼不妥我又說不清，我還未至於害怕坐飛機有染病危險，那可能只是出於無以名狀的低沉氣氛所造成的畏縮，或者保險心理促成的怠惰。更重要的是我們要留下兒子自己去旅行，這似乎也是不容易做的決定。畢竟我們是初爲人父母，兒子才八個月大，不待在他身邊心裡一定十分牽掛。不過，欣卻是基於相同的理由，才覺得這是我們兩人單獨去旅行的最後機會。趁兒子還未意識到父母的存在，去旅行一次吧，幾天回來他大概也不會察覺。要是到他再長大一點，知道父母不在身邊的狀況，就更不容易放下他了。關於這一點我並無異議，但一想到兒子的無知是有利於父母旅行的因素，就不免覺得淒涼。事實上，打從兒子出生後不久，我就開始思索嬰孩既有情緒反應但又沒有記憶和自我意識這個問題，並且計劃著以兒子有記憶之前的人生作爲題材寫一點什麼。既然如此，父母決定留下暫時還未有記憶的兒子，自己去旅行也算是這個課題中的一個饒富意味的環節吧。不過在欣向我提出旅行的當兒，我支吾以對，像是拿不定主意，其實是傾向於一動不如一靜。欣生日當天我們在西貢先吃了印度菜作午餐，然後逛逛區內的小商店，午後吃過甜品，就到堤岸上放風箏直至黃昏，晚上又到碼頭旁的露天酒家吃炒蟶子、蒸扇貝和象拔蚌刺身。我覺得這樣的節目很不錯，用不著老遠跑到日本去慶祝生日。

不過，那天之所以會放起風箏來，其實也蘊含了後來一切興味的模式。我原本只是打算沿堤岸散步，看見一個六七歲小男孩老練地漫不經心地把風箏放得高高的，欣就突然提議去買風箏。我一貫地不置可否，和她到路旁的攤販買了隻外觀粗糙的膠風箏。回到剛才的地方，小男孩已像玩夠了的老手一樣收拾東西離去，帶著既驕傲但又不值一提的神色。那是我一世人第一次放風箏，起先屢試屢敗，頭皮開始發硬。後來我拿風箏站到一層高的海旁停車場上層，欣則留在地面拉線。從上面看下去，欣背後就是一直展張的西貢海。從她雙手間的綠色線圈拉出似有若無的細線，我感到雙手高舉的風箏一扯緊，就放開。風箏就好像突然給什麼無形的手奪過一樣，咄咄地往上空爬升，直至差不多看不見的高度。它的影子比天上滑翔的鷹和偶爾掠過的客機還要小。欣擔心地說：會不會碰到飛機？

兩天後的下午，欣打電話回來說正在旅行社訂機票，看來是勢在必行。我就順其自然，聽她的意思，但我心裡還是猶豫。再細想之下，又發現了其他原因。一是家裡經濟方面的緊絀，令我對花非必要的金錢去旅行感到不安。另一個我認爲更爲深層的因素，是我剛剛才清理了學期裡囤積下來的雜務，正打算專心重新投入寫作，現在卻突然被幾天的旅行打斷，一時間就產生荒廢光陰之感。我急於寫作的情緒已經被一整個學年的工作弄得十分焦躁。訂好了套票之後又發生了兩件事，更加倍衝擊了這次旅行的決心。從新聞報導得知，一個台灣醫生到日本旅行回國後發現染上非典型肺炎，懷疑有隱瞞病情之嫌。日本直至當時還未有感染個案，所以對事件大爲緊張，把病者到過的地方也徹底消毒，大阪和北海道一些酒店更拒絕讓來自疫區的旅客入住。不過，事件似未影響東京的酒店。在出發前幾天，日本東北地區海岸又發生七級地震，震央最接近仙台，雖然沒有人死亡，但卻對交通系統造成破壞，發生餘震的機會也未能排除。甚至有專家預測，這是附近區域將會發生大地震的先兆。估計如果相同級數的地震發生在東京，將會造成數以萬計的傷亡。我們正打算到仙台去，欣也搜集過仙台的資料，可是這下當然要改變行程了，相信也無緣品嚐仙台著名的燒牛舌。後來地震沒有持續跡象，況且仙台離東京也有一段距離，我們就照原定計畫出發。碰巧臨出發前幾天欣忙著趕交博士論文的年終報告，沒有時間去準備旅行的事，計劃行程的責任就落在我的手裡。我原本是採取飯來張口的態度，現在忽然要主動謀劃，就顯得有點草草了事。我買了本台灣出版的東京旅遊熱點推介雜誌，把那超濃縮的內容瀏覽一遍，拿到幾個點子，就覺得不至毫無方向。粗略的想法是，一天去鎌倉，一天去日光，一天留在東京，細節留待出發後才見步行步。拜這種內容單薄語言浮誇的旅遊指南所賜，問題好像迅速解決了，這未嘗不是資料不足的好處。

況且，這已經是我和欣第三次去日本了。第一次在結婚之後第二年，也即是五年前，時間是在六月底，比今次遲一點，當時爲的是慶祝結婚一周年。那次我們逗留了兩星期，去了大阪、京都、箱根和東京，過程相當愜意，既看了不少名勝古蹟，浸過溫泉，又跑過著名的購物熱點。可是那基本上是一般旅行團會走的路線，所以一年後再和雙方的家人一起跟團旅日，就完全變成是爲了共聚天倫了。隔了四年，我們又選擇了日本，原因除了某種對新婚日子的懷緬，還包含了交通的便利。五天的行程是留下兒子的極限，我們都不想離開太久。加上欣去年剛修過大學的日語課程，對日語有了基本的掌握，又想順道探訪已歸國的老師。上一次和欣遠行，已經是兩年前去台灣，住在作家朋友成英姝的家，期間去了九份和淡水。之後就只是去年夏天到澳門小旅兩天。當時欣已經懷了六個月孩子，大著肚子到澳門去，還在酒店泳池游水，和走路上主教山。其實，我何嘗不想和她去旅行？只是今年擔憂的事情比較多。回想起來，旅行其實是個奇妙的時空狀況。那無關乎去的地方本身是不是旅遊名勝，也不見得去得比較艱難和偏僻就更有意思。我說的是那種從日常生活規律中暫時抽身出來，把自己置身於一個陌生的境地，沒有任何功利目的地去四處遊蕩的狀況。這種奇特感覺往往會因爲參加旅行團而消隱，因爲誠如那讓人安穩地打瞌睡和盡情吵鬧的旅遊巴士所象徵的，旅行團其實只是帶著自己習慣的保護殼四處周遊，正正符合觀光一詞所蘊含的意思。相反，自助旅行比較能讓人體會到置身異地的陌生感。當然，隨著某些地方旅遊業的高度開發和旅行指南的極度規範化和單一化，諸如台灣哈日族對日劇場面的朝聖之旅，所謂自助旅遊也無可避免地變得輕型旅行團化了，也即是動作指定化和心態標準化了。

我並不輕蔑旅行團，因爲我自己爲著家人的便利也曾多次成爲團友中的一份子，而且對那種經驗也說不上反感。畢竟對一些人來說，例如像自己父母一代上了年紀的人，不參加旅行團是幾乎不可能自己應付旅程中的諸種難題。我又不能說自己能免俗於近似上面說的後一種指定式自助旅行者。畢竟能輕易找到的材料和便於利用的資訊也不外乎是市面上流行那些。要做大量工作進行深度旅遊也不是想像中容易。回想起自己一生人第一次遠行，是大學畢業後第二年，那時候剛辭去一份中學教師的兼職，利用微薄的積蓄買了第一張機票，一個人到歐洲旅行一個月。我說的是旅行，而不是所謂流浪。我總覺得動輒就說自己去流浪——而流浪的地點通常是歐洲，或者只侷限於巴黎——是相當肉麻的事情。那一次旅行，大概就是頗爲純粹地屬於我上面所說的那種，把自己從熟悉的日常生活習慣抽出，完全置身於陌生環境中的奇妙體驗吧！我的行程除了那些著名的城市景點，還包括一些很少香港旅客造訪的地方。例如我去了義大利北部山區小城Perugia，住在一個大學時的舊同學的租住房子裡。後來日本球星中田英壽加盟義大利甲組球隊佩魯賈，人們才對這個地名有點印象。那個舊同學叫做Sophia，是比我低一屆的港大同學，她畢業後去了義大利念書，我就順道去探她。那時候我對她大概也有點點模糊的感受。Sophia住的房子由紅石磚砌成，位於山上曲折小巷的深處。她租的是個地面單位，天花板很低，一側是往樓上單位的樓梯底。她帶我去了另一個小山城Assisi參觀，教堂內有Giotto關於St. Francis of Assisi的事跡的著名壁畫。她向我指出，其中一幅是聖方濟各向鳥群講道。這座教堂稱爲Basilica，意即屬於長方形建築。我對這個粗樸的教堂情有獨鍾，或者也包含我和Sophia同遊此地的記憶。因此，兩三年前義大利北部發生地震，我在電視新聞上看到聖方濟各教堂內樑柱震動倒塌的畫面，和美麗小城頹垣敗瓦的景象，彷彿就像目睹自己的青春在瞬間崩壞。

在這次自作形單影隻的旅程中，在長途火車上遇到兩個有趣的怪人。其中一個是扛著長弓，蓄著世外高人的鬍子，捧讀一本厚厚的中文簡體字《中國兵器大全》的法國人。他自稱到過少林寺跟中國師傅習武，又拜託我回香港後給他搜羅中國兵器。另外我又在從羅馬到阿姆斯特丹的夜車上，結識了一個自稱從伊朗逃亡出來，受荷蘭政府庇護並在當地攻讀法律的年輕男子。後來我還大膽地應邀到這個有點像約翰藍儂的流亡者的家留宿一宵，在吃著他弄的炒雜燴晚餐的時候，我向他在世界地圖上指出香港的位置，但我相信這樣做對他來說其實毫無意義。我侷促不安地睡在大廳裡，第二天天還未亮透，我就敲響他的房門向他道別，只穿著內褲從床上爬起來的他還流露著依依不捨的表情。隨便到陌生外國人家裡借宿的我，和平素謹小慎微的我簡直判若兩人。我不知道當中夾雜的是怎樣的愚莽和天真，在清晨幾乎是逃竄的情態中又暴露了多少疑心和有欠眞誠。

同一班夜車上的同廂乘客中，還有一個住在米蘭的叫做Daniella的義大利少女。她知道我在吃素——那是我當時對環保的激情的一種決心表現——還把我視爲同道中人，把自己喝過的一瓶酸乳酪和我分甘同味。我不知道那算不算是過於親密的表現，接過瓶子便懵懂地呷了一口。我號稱吃素但未吃過酸乳酪，只覺得像變壞的牛奶。這說明了年輕時候的自己總是言過其實。如果我要縱容自己的幻想，那曾經被她呷飲過的瓶口間接就是她的嘴唇，而柔滑的酸乳酪就像她白嫩的肌膚。可是我當時確實沒有這方面的念頭，只是把這行爲當成是年輕人之間爽朗的不拘小節的共享。這也可以算是年輕而遲鈍的好處。我和她談了對卡夫卡和一些歐洲作家的看法，因爲談得十分皮毛，所以只要略提一些名字就足以扮作學識淵博。Daniella年紀比我小一點，但已經出來打工，對寫作有興趣，好像還積極參加工會或者什麼社區組織的工作。在荷蘭分道揚鑣之前，我和她交換了地址。至於她爲什麼要自己一個人坐夜車到荷蘭去，這點我倒忘得一乾二淨，或者根本就沒有問。我也不知道，她是不是和同廂的另外三個義大利青年同行的。

那次初旅的高潮，應該發生在旅程的後半，我再次折返巴黎的時候。我原先是這樣計劃的。爲了貫徹自己的激情，和顯示自己的與眾不同，我把這次旅行定性爲朝聖之旅。我當時心目中的神是梵谷。出發之前我早已對梵谷的作品頗爲熟悉，讀過他的經典傳記——事實上寫得頗爲差勁，書名叫做《Lust for Life》，令人聯想到淫蕩的意思——以及他寫給弟弟的書信。我在不同的博物館尋找散落各處的梵谷畫作，好些就在巴黎，當然也不放過在阿姆斯特丹的梵谷美術館。我以冥想的姿態坐在那些勁筆畫幅前面，設法讓自己進入忘我的境界。令人饒感趣味的，是梵谷受日本浮世繪的影響。那些以稚拙筆觸臨摹浮世繪的畫作，看來其實頗爲滑稽。但這也說明了一個文化受另一個文化的影響，縱使是片面和經過扭曲，甚至本來只是可笑的學步，結果卻未必不會產生偉大的東西。我懷疑，我眼中的日本，說到底會不會也只是猶如這個沒有到過日本的荷蘭瘋子那樣，其實只是一種妄想？朝聖的另一必然，就是對眞實場景的膜拜。爲此，我特意住到法國南部小鎮Arles，在小旅館裡以屁股深情地撫摸畫家畫過的那種木椅子，憑弔畫家和高更一起住過的黃屋，和到河邊見證那著名星夜的奇詭風景。可是，因爲夏季日長的關係，待到晚上十點天空還未入黑，景象和畫作中那漫天漩渦的星雲風暴大相逕庭。我又覓路到位於鄉間St. Remy的精神病療養院看過。畫家曾經在這裡待過一段時間。我親睹了那些有著火燄形態的絲柏，環繞重門深鎖的建築物走了一圈，但基於羞怯不敢叩門請求造訪內部。在原定的計畫中，朝聖旅程的頂峰是我再次折返巴黎的時候，於梵谷逝世當天，也即是七月二十九日，到位於巴黎郊區的墓地去致意，並且一睹畫家遺作麥田群鴉的景色，也即是這位鬱狂的藝術天才舉槍自殺身亡的眞實場地。不過，當我乘坐的火車進入巴黎北站，我突然對這樣的行爲感到厭倦，原因未有深究。我沒有去那終極的聖地，縱使那只是不到一小時火車行程的地方。我忘記了在梵谷忌辰當天我做了些什麼，還是什麼也沒有做，只是獨自在巴黎這個陌生的大城市的街道上虛度光陰。這次沒有完成的朝聖比從沒有開始還糟。我帶著那不可名狀的空洞或踏空感回到香港。我所拍的爲數不少的照片中也沒有自己的留影，爲此我被母親責罵，說這樣豈不等於沒有去過一樣。唯一有我的樣子的照片，是在Assisi山頂拍的，由Sophia拿相機。也許是基於怠惰，我回港之後沒有和Sophia

聯絡過，自此大家就互絕音訊了。我倒和Daniella通過兩三次信，但忘了是誰沒有回信，這段萍水交往就終止了。我也沒有信守對法國武術愛好者所作的諾言。從國貨公司購買劣品刀劍寄到法國去，先別說可行與否，本身簡直就是瘋子的行爲。我對自己的信口開河竟然不覺羞恥，也許是因爲自己失去了某種狂妄的熱情。

這趟初旅本來理應是另一篇文章的題材，但也可堪作爲純粹觀光的程式化旅遊的對照。而我和欣這次再到日本去，性質大概就位於兩者之間，既非完全的個人化，也非隨便的集體化。另一點我們也會同意的，就是在出發之前，我們不單沒有周詳的行程計畫，也沒有具體的期望。就是在這樣的漫無目的的情況下，我們就像在進入考場前才臨急抱佛腳的學生一樣，趁坐飛機的時間趕緊研讀旅遊書。但也正如考生手頭上往往只有質素差劣的教本，我們帶備的兩本印刷精美的東京旅遊書也經不起一讀再讀的考驗。不消一刻鐘欣就把書丟回來，說已經看完了有用的環節。我卻還像鑽研言簡意繁的古文一樣，再三重讀那幾頁把相同的資料用類近的措辭反覆重寫的咒語一樣的簡介，彷彿那寥落的內容還隱藏著什麼有待破解的奧義，又彷彿是不願意承認，將要進行的體驗是如此的單薄。現在回想，那和踏上初旅之時過度繁豐的欲望形成強烈的對比。

在早上出門之前，我還爭取時間帶兒子到公園去。這是我堅持每天早上都要做的事情。我家附近有個很不錯的公園，面積頗大，布置整潔，不粗陋但又不過於繁巧，樹木很多，有大片毫無道理地不准踐踏的草地。這天我照常抱著兒子踐踏那片美麗的草地，他也和平日一樣，一聲不響地四處張望，對父母將要離開幾天懵然不知。就算是臨出門前和他說再見，他也只懂無知地笑。他還未學會不捨得。你出現他笑，你消失他也笑。這常常讓我想到關於二次世界大戰時稱爲Kindertransport的事情。早前不久欣在演藝學院教廣東話發音之後，在行人天橋上的一個青年小販的攤子上買了一張ＣＤ。據那位文化販子的推介，那是一齣著名的得獎紀錄片的原聲音樂。那片子叫做《Into the Arms of Strangers》，講的是Kindertransport事情。欣記起聽我說過類似關於Kindertransport這樣的事情，就把ＣＤ買下。她說買ＣＤ的另一個原因是，封面上的舊照片中在等火車的孩子的懵懂樣子，讓她想起新果。新果是我們兒子的名字。我之所以知道Kindertransport，是因爲近月來一直在看一位德國當代作家W. G. Sebald的書，而其中一本《Austerlitz》寫的就是這個題材。書中的主角Austerlitz就是當年在所謂Kindertransport的行動中，由布拉格坐火車到英國，寄養於英國家庭的其中一個小孩。一九三八年十二月，第二次世界大戰爆發前夕，正當納粹加緊迫害猶太人的時候，一個志願行動把一萬個生活在德國和德控奧地利及捷克的猶太裔小孩子轉載到英國接受庇護，當中大部分沒有機會再和父母團聚。他們的父母大都死在之後的納粹集中營裡。沒能趕上Kindertransport的猶太兒童，其後也死於毒氣室，爲數估計達一百五十萬。有幸參加計畫的孩子必須在十七歲以下，所以當中年紀較大的已經是少年，而最小的卻只是懵懂的稚童。在火車站上，那些無知的孩子穿上最好的衣服，肩上斜掛著小皮袋，膝旁放著輕便的行李箱，露出夾雜著興奮和疑慮的笑容，就像將要參加一次大規模的郊外旅行一樣。他們的父母一定是這樣和他們說的。他們笑著又哭著地和父母們揮手道別，在漫長的火車旅程中會有較年長的孩子帶領唱童謠，大家好奇地張望窗外不斷變化的風景，期待著旅行的種種刺激和歡樂，也渴望著很快就能回到父母的懷抱。他們不知道這是一輛一去不返的火車。當中有些年紀非常小的孩子，將來甚至會忘記一切。忘記自己的來歷，自己的出生地，自己的母語，自己的父母，就像小說中的Austerlitz一樣。他的人生源頭是一個空洞。他變成永恆的漂流者，既不能完全認同英國人的身分，但又不知自己歸屬何處。故事中的Austerlitz到了老年才開始致力追溯自己的根源，回到兒時的布拉格，重新走一次當年的道路，企圖重組自己破碎的童年。可是，那注定是不可能成功的事情。回到現場可能會勾起某些回憶的片段，令人得到片刻失而復得的幸福感，但越是接近那意識和記憶的邊沿，就越是令人戰慄地感受到，那後面只是一片空白。也許，那不是普通的，徹底的空白，而是隱約曾經切實存在過的，現在卻深藏到意識的底層的，既有且無的空白，一種具體的虛空。Kindertransport對我造成的震撼，除了是父母爲子女的存活而自願把他們送給遙遠的陌生人的慘況外，還包含了對最初的有意識的存在的失落。這是因爲，我們每一個人的生存意義也建基於此。我們——特別是父母和子女間——的相互意義也如是。

我之所以會讀到Sebald的書，是因爲他是我從前在香港大學比較文學系的一位英國教授的朋友。那次我近乎奇跡地在浸會大學的一個公共電話亭前面重遇多年沒見，已退休回國的教授。他剛巧回來香港參加一個研討會。大家寒暄之後，他向我推介了這個作家，說他的敘事形式有十分獨特的地方。後來我就上網訂購了Sebald的幾本書。Sebald是德國人，但大學畢業後就到英國進修，然後一直在英國大學裡教授德國文學。二〇〇一年在開車的時候因心臟病發引致交通意外身亡，終年五十七歲，那時候他遲來的文學聲譽才剛剛攀上高峰。Sebald在英國生活了三十幾年，不過他的作品還是用德語寫的，之後才翻譯成英語。他的文風相當奇特，對事物和情景的描寫既準確細緻，但又給人夢話一樣的蜿蜒模稜的質感。他的作品雖然稱為小說，但事實上卻糅合了遊記、地方誌、歷史掌故、冥想、自傳和虛構故事的特質。行文當中還夾置了常常令人莫名其妙的照片，和文字內容有著似真若假的關係。老實說，我不太欣賞那些煞有介事的照片，覺得它們可有可無，甚或是無好過有。不過，Sebald的文字有一種催眠般的力量，令人流連忘返，但讀罷又好像並無所得。我為這些謎樣的書著迷了好一段日子，當中有些模糊的主題就像地底的根系一樣無聲無色地蔓開。不過，我在這裡提到Sebald，並不是想倡議那已經變成陳腔濫調的，所謂打破眞假的界限的文學企圖。也不是想借用Sebald漫遊打岔的文風，來合理化自己對這次東京之旅的記述遲遲未能開展的敗筆。相反，我這次是決心要切切實實地寫一篇遊記，把旅程中的點滴事實也儘量忠實地記錄下來，甚至是有點不厭其煩地把當中的瑣碎細節猶如置於顯微鏡下般放大，清晰地呈現於讀者眼前。當然，在記錄的過程中，我不單容許而且也讓自己放縱於各種聯想、回憶和思考之間。唯一的考慮是，無論文字漫遊到哪裡，當中必然有某種主題的關連。這，也許才是我借鑑於Sebald的組合原則，也許也是我們的思緒的運作原理。或者，至少是嫌腦袋不夠複雜的文學愛好者的思緒運作原理。

這原理不是Sebald首創的。我懷疑他多少受到納博哥夫的影響。在Sebald關於猶太移民的小說《The Emigrants》中，多次穿插一個不知名的捕蝶人的身影，其中一個角色又在讀納博哥夫的自傳。這個捕蝶人的聯想顯而易見。眾所周知，納博哥夫既是大小說家，也是蝴蝶專家，寫過幾篇蝴蝶品種的學術論文。剛巧我帶著去日本旅行以備旅途中百無聊賴的時候解悶的書，是納博哥夫的自傳《Speak, Memory》。說實話，我沒有看過納博哥夫任何一本小說，只看過早幾年由Jeremy Irons主演的電影版《Lolita》。我也沒有看過寇比力克多年前拍的，中譯做《一樹梨花壓海棠》的經典版本。（這片名可謂十分意淫！）我買了《Lolita》原著但一直擱著沒有看，現在倒想先看了作家的自傳。據說這自傳本身也是一部文學鉅著，我感興趣的卻是作家如何通過自傳探討記憶的問題。紛陳的往事，零碎的印象，如何能重新組織成貌似連貫的整體？當我們嘗試回顧記憶的盡頭，就像把手伸進密封的黑箱子一樣，指頭觸到的，究竟會是令人心生疙瘩的異物，還是本來無一物的虛空？

在往東京的飛機上，當空中小姐掛著事務性的禮貌笑容派發第一次的飲料的時候，我已經放棄鑽研旅遊書，隨意瀏覽著電視頻道上的節目。正在播放的有一套看來頗爛的西片，一套肯定是十分爛的港產片，和一套我不能判斷爛不爛的日本片。港產的是梁朝偉和楊千嬅主演的賀歲片《行運超人》。欣小聲和我說：怎麼可能啊！梁朝偉是影帝啊！那可能是《悲情城市》和《春光乍洩》的梁朝偉嗎？我環顧四周，差不多所有香港同胞也在看港產爛片。這說明了人在他方（或是在往他方的途中），月是故鄉圓，爛片還是故鄉的才夠爛，甚至是越爛才越親切，越有味。我摘下口罩，呷了一口凍烏龍茶，咀嚼著美國製的日本零食，從背袋裡抽出納博哥夫的《Speak, Memory》。我忘了說，其實我們看不清楚美麗空中小姐的笑容，因爲機組人員一律戴著N95口罩，極其量也只是露出笑容的一半，而且因爲緊束的口罩而顯得更爲僵硬。我臨出發前也往背袋裡塞進幾個手術用口罩，以備不時之需。剛上機的時候，大家顯然也頗爲謹慎，大部分人也掏出口罩戴上，我和欣也不例外。就算知道作用不大，也好像爲了禮貌的理由而這樣做，特別是鄰座上的是看來非常嚴謹的日本人。不過，到了吃小食的時段，口罩就開始像凋謝的花瓣般紛紛脫落。在下機之前，臉上還幪著口罩的已經寥寥可數了。這裡已經是日本了嘛！一個乾淨得無與倫比的國家！

我開始讀納博哥夫的自傳。前言只是交代書中篇章的來由，無甚可觀，但我還是老老實實地讀了。第一章卻立即顯得非同凡響。第一句的意思粗略譯出來是這樣的：搖籃在深淵上擺動，常識告訴我們，我們的存在只是兩個永恆黑暗之間轉瞬即逝的一道閃光。人們普遍對自己生前的黑暗比較容易接受，但對死後的黑暗卻充滿恐懼。不過，也有這樣的一個人——納博哥夫說是chronophobiac，時間恐懼症患者；他說的其實是自己——當他第一次看一齣在自己出生前幾個星期拍攝的家庭電影，他感到的是一陣恐慌。畫面上的是相同的房子，相同的人物，和現在沒有分別，但在那個世界裡他自己並不存在。母親在房子樓上的窗前揮手，讓他覺得那仿如神祕的告別。最可怕的是鏡頭裡簇新的嬰兒車，看來就像一副小小的棺木。生命之前，和生命之後一樣，原來只是虛空。納博哥夫說得太眞確了。幸好我們沒有在兒子出生前拍錄象，欣大肚子的照片倒有好幾張。我不知道兒子長大後看到那些胎兒時期的超聲波錄影會不會害怕或者反感，現在醫生們卻確實以這類服務爲招徠。大家可能對各種拍攝和記錄伎倆已經習以爲常，除了像納博哥夫那樣個性極端敏銳的人，大抵沒有人會爲目睹逝去的時光而大驚小怪。孩子出生後，我們也順應潮流買了攝錄機，拍了些嬰兒成長的片段，但大都沒有播出來看過。許多日常拍下的數碼照片不是沒有下載而慢慢給刪除掉，就是埋藏在電腦深處的某個檔案夾裡等待被遺忘。對孩子來說，這些照片和錄象雖然不是納博哥夫所說的「自己還未存在之前的世界」，但從另一個角度考量，那也可以說是「自己還未有記憶和意識之前的人生」。在未有「記憶」和「意識」之前，又算不算是完整的「存在」呢？觀看這類紀錄的效應和意義，會否其實和納博哥夫的時間恐懼症患者並無二致呢？

納博哥夫繼續說，一個成年人要學習把這兩端的黑暗視為平常。想像力——不朽者和幼稚者至高無上的快樂——應該適可而止。要享受生命的話，就不應享受得太過分。可是，作者卻要對這種狀態作出反抗。他偏偏要觸摸那黑暗，就算是懷著恐懼，也要盡情享受逝去時光中的點滴。也就算，他發現時間其實是個球體的，沒有出路的囚牢。時間並非客觀的容器，它誕生於人類的自我意識。對於沒有自我意識的動物，時間毫無意義，或者根本並不存在。一旦建立了自我意識，也即是產生記憶，我們就從那無邊的黑暗冒出，享受那短暫的光明，直至一天再次沒入黑暗之中。可幸的是，在這幾乎是即生即滅的光明中，我們並不是孤獨的，而是和其他生命分享著共同的時間之流，就像興奮的泳者分享著粼光閃閃的海水，納博哥夫說。這無疑是相當樂觀和令人安慰的一種說法。那麼，作家又是憑什麼，在自覺地書寫自傳的行為中，認為自己能把過去的印象如實喚出，重新予以記錄呢？他就這一點有這樣的優美而模稜的說法：「Neither in environment nor in heredity can I find the exact instrument that fashioned me, the anonymous roller that pressed upon my life a certain intricate watermark whose unique design becomes visible when the lamp of art is made to shine through life's foolscap.」最終的歸結就必然是藝術吧。而回憶的藝術，也即是自傳的藝術，建基於一個神祕的原則。之後納博哥夫提到兩件相隔多年但卻有某種相關的小事。小時候，在日俄戰爭前夕，一位將軍在他家中作客，和那五歲的小孩在沙發上玩火柴。將軍用火柴分別砌出平靜的海和波濤洶湧的海的線條。後來一項急令下達，將軍匆匆告辭，原來是去接掌俄國遠東軍隊的元帥之職。十五年後，納博哥夫舉家逃避蘇維埃政權的途中，在俄國南部的一條橋上，父親和一個農夫打扮的老人碰面，對方問他要火點菸，父親隨即認出那就是也在逃亡中的前將軍。納博哥夫玩味著火柴的主題，然後總結說：自傳的眞正目的，就是追溯這些貫穿人生的主題的設計。我幡然了悟，那就是Sebald在《The Rings of Saturn》裡的絲織圖的意思。

我只看了《Speak, Memory》的第一章，覺得有點疲倦，就把書闔上。我出發前已經向欣發出警告，叫她要看書的話就自行帶備，到時別搶走我唯一的讀物。她說她帶了日語字典，夠她百看不厭。在飛機上她果眞在讀字典，眞可謂名副其實的字典狂人。而我視作珍寶的納博哥夫自傳，在之後的旅程中卻沒有再翻開過。不算難吃的飛機餐適時送上，讓我在舞弄那些像玩具一樣的刀叉杯盤中，恢復了一點精神。其實我還未肚餓，在臨上機前我們在機場大堂就像做預習一樣吃了味千拉麵，欣還把在等位子的一個男子誤認爲單車好手黃金寶。團友的電視屏幕上依然是梁朝偉和楊千嬅，但卻穿上古裝，我還以爲是另一部片子，欣卻說那是同一部《行運超人》，只是從頭播放。我想，這就叫做永劫回歸吧！我慶幸機程只有四小時，片子最多也只能放兩次。另外那套日本片，由SMAP成員中那個很瘦的草彅剛主演，講的是一個城市重複出現死人復活的怪事，構思頗爲奇特。吃過飛機餐之後，餘下的行程除了乘客大排長龍去廁所，乏善足陳。我看看手錶，是香港七時，我把時針調快一個鐘頭，到八時。我想起張愛玲〈傾城之戀〉的第一句：上海爲了「節省天光」，將所有時鐘都撥快了一小時。可是白公館沒有這樣做，他們的十點是別人的十一點。我小時候，香港也有過這種叫做夏令時間的措施，到了某一天，家裡的鐘連同所有手錶就會突然給調快一個小時。我當時怎樣也搞不明白，那明明是同一個瞬間，或者至少是差不多同一個瞬間，為什麼會隨人的意志把十一時變做十二時？那麼，原來的十一時至十二時之間的一個鐘頭，究竟哪裡去了？這種情況非常罕有地令人感到，時間是一件幾乎可以觸摸的東西，因為它和時鐘的指針等同，而且可以像實在的物件一樣遺失。飛機好像在一刻間飛得更遠了。

我們的座位接近機尾，而且是中間欄，夾在兩條通道之間，所以看不見降落時的風景，只知外面已經漆黑一片。降落過程十分順暢，耳窩並不太痛。我穿上外衣，據知日本的天氣比香港清涼，晚上徘徊於二十度上下。與香港的新機場相比，成田機場頗為殘舊，格局小器。晚上的班機很少，入境櫃檯沒有全開，外國人的通道前排了頗長的人龍。我們排在後面，等待時間比想像中長，團友們聊著不是話題的話題，互指對方因非典型肺炎給關員扣查做笑話，內容空洞得無法形容和記述。我手上拿著新近申請的特區護照，護照裡面夾著在飛機上已塡妥的入境資料塡報表。我看見自己在職業一欄輕鬆地塡上「作家」。眼看已經九時過後了，我有點擔心趕不及最後的機場巴士。我預先上網查過，我們住的酒店有利木津巴士直接到達，但最後一班於九點五十五分開出。幸好日本人的工作效率就算是慢也不會太過分，我們取回行李，步出入境大堂，時間是九時三十分，剛剛趕及最後一班巴士，買票後還有餘裕買罐裝飲品和打長途電話。機場大堂一片打烊的氣氛，服務台和小商店都已經關閉，除了聚集在一起等旅遊巴士的香港團友，幾乎沒有其他旅客流連。不知是否因爲場面冷清，令人錯覺連光線也變得黯淡，唯獨是飲品售賣機的燈光特別刺眼。我用一千日圓紙幣在售賣機上買了罐裝綠茶，找換得來的新鮮零錢令旅行第一次有實在的感覺。欣跑進洗手間，我就在電話間旁邊的位子坐下。一個女清潔工過來在椅子下面撿廢物，我正想讓開，順便走過去打電話，那具國際電話卻被佔了。那是個身材纖瘦的年輕女子，推著一車子跟她的身型和力量不成比例的行李，像是搬家一樣。她的化粧像日本人，一說起話來才知道是台灣人，語調粗獷。她上身穿白色背心，下身穿白色熱褲，腳踏細帶子高跟鞋，全身布料的覆蓋率只比泳衣大一點點。她打了幾次都打不通，就躲到喫菸間裡抽菸。我乘機佔用電話，用從旁邊的售賣機買來的NTT富士山風景電話卡打長途電話回香港。剛一到達，我已經兩次和機器打交道了。那邊是晚上八點四十五分，媽媽他們剛吃完晚飯，孩子還未洗澡。我還未適應談長途電話的時間控制，幾乎沒有說過什麼，就過早地掛線了。欣過了很久才回來，害我有點焦急，甚至興起過請那台灣女子幫我到洗手間裡看過究竟的念頭。欣說她有點肚子痛。台灣女子打通電話了，可能是打給在台灣的情人，末尾嬌嗲地要對方說愛她。說愛我呀，說，說愛我呀。她催促道。女孩姣媚而粗野的聲音，在空洞無人的異國機場聽來彷彿特別響亮，有荒涼之感，而且聽不見答話，就像向一個不存在的戀人求愛。

巴士準時到達第十七號車站，兩個穿橙色工作服的男孩不知從哪裡冒出來，在站牌前招呼我們上車，但收票子和搬行李也只由司機下車親自做，兩個男孩的角色甚爲無聊。在巴士到站前，欣叫我拿著那罐綠茶，站到站牌旁邊，作出在等車狀，讓她給我拍照。我服從她的指示，四周黑暗荒涼，想來一定是一副流落他鄉的樣子。和我們同車的有那個台灣女孩，和另一個不知來歷的瘦小男子。總共四個乘客。令我們深感驚訝的是，在開車的時候，那兩個橙衣男孩竟然還敬業樂業地在車站上冒著微雨向幾乎空無一人的車廂揮手道別。晚上的公路十分暢順，車子性能也很好，很平穩地前進，不太快也不太慢。除了路旁間中鮮明地亮著的商品廣告牌和時租酒店的燈牌，提醒我們這裡就是日本的事實，晚間公路的景況和別處沒有兩樣，可以說是在香港從市區回粉嶺，也可以說是在台灣從中正機場坐國光號巴士往台北。不到一個小時，我們就在池袋太陽城王子酒店門前下車。酒店門口雖然狹小，大堂也不見華麗，但樓高四十多層，規模比我們第一次來日住的新宿某小酒店宏大。和之前的寥落相反，酒店大堂鬧嚷嚷一片，擠滿了十幾歲的學生模樣的青年男女，就像學校假期宿營一樣。我們check-in了，拿了間大雙人房，混在青年中間擠進升降梯。因爲青年住客很多，升降機幾乎每層都停下，有人出去又有人進來。有些青年從一層到另一層，大概是找朋友。一個男孩的手提電話突然響起來，他連忙掏出關上，滿不好意思的樣子，躬身道歉。我和欣也相當詫異。這也算是一種見微知著的文化差異吧！我們的房間在二十四樓，2439號，在一條無法說是左邊還是右邊的走廊的盡頭——因爲總共有六部電梯，三三相對地排列，所以是左是右視乎你從哪一方的電梯出來而定。以日本狹小著名的酒店標準來說，房間可以說是十分寬敞，在浴室外面還有獨立的化粧間。打開窗簾，景觀頗闊，左邊是高聳的辦公大樓，前面是一座螢光藍色的不知有何名堂的商業大廈——本來以爲那是Sunshine City，後來才知道是日產汽車的大樓。不遠處的高樓上有一面不知宣傳什麼的性感女郎的廣告牌，下面黑漆漆的是一個面積頗大的公園。欣說這一定是池袋中央公園，是日劇《東京愛情故事》的主角們談心和示愛的拍攝場景。這樣一來，我們的房間可謂超值了。

雖然已經是晚上十一時許，但欣不甘心旅程的第一天這樣就完結。我們放下行李，拿了輕便袋子，便離開酒店到附近閒逛。與龐大的住客量相比，酒店的所謂正門十分隱蔽，格局狹小，門外的街道也很荒涼，像條小小的橫街。門口正對面是一間駕駛學校，是個一層高停車場模樣的建築，大概上層是像兒童遊樂場一樣的學車道。經過池袋公園的時候，欣說想到裡面看看，感受一下談心和示愛的氣氛，但我看見公園中央黑壓壓的樹下長椅上橫躺著幾個人，起先以爲是纏綿的情侶，再看清楚才知道是露宿的流浪漢。我看過安部公房的小說《箱男》，對日本的露宿文化也有所聽聞。我們打公園旁邊走過，欣顯得有點失望。過了馬路口，左邊的街角有一個流動麵檔，木製的有篷蓋車子本身就是件藝術品，坐在街頭吃麵也必然風味絕佳吧！右邊街口有一間叫做AM/PM的便利店，穿過這條橫街走到大街的交接處，有一間書店。雖然書店已經關門，但欣對這發現十分興奮。橫過大馬路，再一直往前走，是池袋的商店和娛樂區，風味有點像新宿歌舞伎町，只是規模較小。欣又發現了HMV和Big Echo，鎖定目標，等待適合的時機。那家HMV位於一個毫無氣派的商場二樓，原來那就是所謂Sunshine City。欣說過要找椎名林檎的卡拉OK影碟，或者到卡拉OK唱椎名林檎的歌。我對此抱懷疑態度，一直在潑冷水：椎名的歌變成卡拉OK，怎麼可能呢？簡直無法想像啊！五色燦亮的街上走著消遣後歸家的年輕人，都朝一個方向走去，我們跟著人潮走到盡頭，路面豁然開朗，寬廣的十字路口對面的大樓上，亮著池袋西武的大字。那就是池袋電車站了。探路差不多完成，我們往回走，找地方吃東西。經過和民居食屋，但見餐牌上的食物和香港的和民差不多，就去了松屋。松屋是和吉野家一類的連鎖店，這家松屋特別狹小，裝潢像香港的低級快餐店。我們先在販賣機上購票，然後交給櫃台後面的服務員，很快食物就端上來了。這是我兩小時內第三次和機器打交道。我由此得出的結論是，機器的使用法無異於一種世界語言，就算我不懂日語，只要稍事觀察和推敲，即可明白機器的運作規則，並且獲取日常生活的基本所需。一個不懂日語的外國人絕對可以在日本好好生存，正如一個不喜歡說話的日本人也可以整天緘默不語。除非你是年輕女性，否則你可以在日本的街道上獲得絕對的安靜。相反，年輕女性受到的滋擾卻相當嚴重。在娛樂區的街頭隨處可見兜搭女孩的金髮男生，纏著她們不知說些什麼，好像招攬她們進行某些工作，未知是否也像電影《澀谷二十四小時》裡的色情勾當。電影，文學，乃至於通俗電視劇、動畫和漫畫，向我們灌輸了種種既深刻又浮面的日本知識，預設了我們對這個地方的體驗的方向和界限，又或者在事後取代了體驗的印象和記憶。我不敢說我認識日本，或世界上任何地方，甚至是我生活的城市。

我們在松屋吃的是牛肉飯，小的只要二百九十圓，所謂套餐也只是四百多圓。看來松屋在日本屬於窮人和學生食堂的層次。之後的旅程中，二百九十圓一碗的牛肉飯就變成了衡量事物廉貴的基準。例如，某東西只值一碗牛肉飯啊！或者，某工作的日薪足足五碗牛肉飯呢！我認爲松屋牛肉飯的指標十分具有說服力和反映性，它代表了一個人吃一頓飯的最基本生存條件。深夜的松屋裡的食客大概都是我們酒店裡的學生，他們可能來自全國各地，在周末來東京參加某大型校際活動。欣和我說，坐我們旁邊的那個男生和他的前輩說，明天約了十幾個同學一起去游泳，問前輩去不去。她連這樣的日常對話也聽到，看來日語水平不錯。我這趟旅程也可以完全仰靠她了。回酒店途中，欣去了AM/PM買了化粧惑星卸粧油，和紙包裝北海道雪印牛奶。回到酒店房間，我打開電視，好像履行了一種旅行的入門儀式。深夜時事節目裡，播放著一段剛剛解封的機密影片，內容是早前一場日朝海上衝突的過程。模糊的影片中可以看見一艘看來是擅闖日本水域的北韓漁船，被日本海上保安廳的艦艇追逐，多次警告無效，艦艇發射機關炮。漁船側舷中彈，但船隻繼續逃竄。追逐一直持續到晚上，在夜視拍攝的畫面中，艦艇再次發炮，這次漁船中彈焚燒，船員跳海逃生。這場日本海軍的防衛和攻擊行動，看來拖拖拉拉，毫無氣勢，像孩子打架。自衛隊驅逐艦的機關炮就像玩具槍，炮彈像疲弱的劣質煙花。我想起小時候收集的戰艦紙牌上，排水量五萬噸以上的大和號主力艦氣勢不凡的三座三炮管主炮台，和那死心不息的日之丸旗幟。

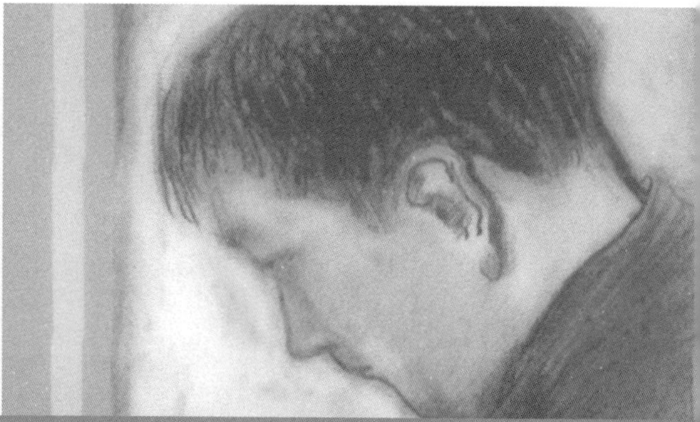

2. 第二天

山手線　鎌倉　江之島

天亮得很早，大概是四點多，沒有拉上窗簾的房間已經給日光侵擾。我朦朧醒來，又斷斷續續地睡去，直至差不多八時才起床。自助旅行有這樣的好處，可以想睡多久便多久，不必受旅行團領隊morning call的催迫。看了電視的天氣預測，東京地區多雲，間中有雨，一如意料之中。至於出發前擔心的仙台地震的影響，電視上卻不見提及，好像從沒有這回事一樣。酒店住房包早餐，只要出示早餐券即可。餐廳在地面，面積頗大，中央有一個大而無當的正方形框框，上面圍著垂下來的水晶燈串，下面看真才知道是一個水池，淺淺的水像薄膜一樣從正方形的矮台上往四面流下。因爲是星期天早上的緣故，酒店住客甚多，餐廳也差不多滿座。好不容易找到空桌子，把那個表示位子正在佔用中的紙牌放在檯上，到拿食物回來，桌子還是給一對男女佔了了。我們唯有坐旁邊那張。早餐是自助式的，分西式和日式兩種，日式當中又夾雜了韓式的泡菜。再看看那對無視告示牌的男女，似乎是韓國遊客，因爲他們拿了很多泡菜，吃飯的時候用手掌捧著碗的底部，高舉到嘴邊扒飯。中國人也舉起碗撥飯，但會用手指從旁側拿著碗沿和碗底。至於日本人，一般也把碗放在桌上，用筷子去夾米飯。除了吃飯的手勢，從衣飾方面也很容易認出不同地區的旅客。在座頗有幾桌子和我們一樣訂購這類廉價機票加酒店套票的港客，他們主要是年輕人，一類衣著較入時，全身上下處處散發著希求融和於日本風的潮騷氣息，可卻總是不知哪裡差那一點點，流露出模仿他人的次等神氣。因爲日本人又是以模仿西方著名的，所以這類模仿的模仿就更是等而下之了。在台灣這類人稱爲哈日族，在香港倒沒有那麼赤裸。第二類港客衣著平民化，穿著在行李箱裡壓得縐巴巴的舊T恤和運動長褲，腳踏舊球鞋，一副往郊野公園燒烤的樣子。可是無論是第一類還是第二類，也同樣帶著所謂「掃貨」的心理，準備向日本人奉送金錢，搬回去大包小包不必要的精品零食衣飾電器和無用的手信。

我主要吃西式的炒蛋、醃肉和香腸，毫無想像力，但那白麵包非常軟滑。欣很欣賞那白粥和伴粥的漬物，對明太子讚不絕口，又弄來了她至愛的納豆。那納豆用小紙杯盛著，看來像迷你裝雪糕，打開之後拌入小包芥醬，用叉子挑起來，那些小小的黃豆般的東西黏在一起，濃稠的醬液像膠水似的藕斷絲連。吃進口裡，感覺不滑不粗，不軟不硬，不鹹不甜，不令人作嘔但又並不滋味，咬又不是吮又不是，是一種很難形容和判斷的味道。要待吞下那黏糊的東西，舌頭和喉頭上才隱隱殘留一種類似於味道的氣息。我說，那像兒時吃的俗稱開胃藥的酵母片。事實上，納豆經過發酵，那大概就是相近的化學過程。我們在第一次到日本的時候吃過納豆，欣感到回味無窮，我卻只是並不厭惡。我倒不知道日本人喜歡吃納豆，但在酒店招待旅客的早餐裡必備納豆，是不是表示了納豆在日本飲食文化中的重要性和代表性？可是旅遊業往往是最具欺騙性的行業，君不見香港向外推廣的旅遊宣傳片中，展示的盡是連香港人也感陌生的畫面嗎？那是一種虛擬的本土特色。我懷疑納豆也是這種虛擬的食物。我給欣去拿第二杯納豆的時候，發現它已經給盡掃一空，要不是眞的很受歡迎，就是無知的旅客也以爲是雪糕而給騙了。以毫無期待地打算以極廉宜的價錢在日本虛度幾天的心情來說，這頓早餐出乎意料地豐富。回到房間小休，腸胃卻不大暢順，那時候我還未意識到這等小事對一個旅客的重要性。

出發的時候已經是十點半。學生團在check-out，大堂擠滿了人和行李，竟然又讓我想起Kindertransport。當年擁擠在火車站等待離去的猶太孩童，不少也是這個年紀吧。這個下午，這些青少年男女就會聯群結隊坐上不同方向的新幹線列車，回到他們來自的縣市，緬懷著這個難忘的周末。想起昨晚松屋料理裡那個男生和他的前輩，未知他們今天的游泳大計會不會如期實現？現在回想酒店大堂裡那些夾雜著羞澀與放肆的稚拙臉孔，彷彿代表著日本少年的某種面貌。我不期然聯想到椎名林檎的英文歌〈17〉，裡面描述的就是這種日本鄉間少年富足安穩的苦悶：「now i'm seventeen / my school is in the country / students wear trainers / read the same magazines / now i'm seventeen / my school is getting tiresome / teachers they're so young / singling me out / only like philosophy & after school the time / that's what i call my own time / nice girls meet nice boys end of school day / while other girls go straight home / talking about soaps'n that / i go home alone / like it watching the nameless people / surfing subways, traveling somewhere / "……nowhere……" / now i'm seventeen / i do not have a title / depend on no one else / busy being kind （to myself） / i go home alone / and have dinner in my sweet home / praying again, again & again / "……peace……" / i see the same faces in school & they say that i am different / i think it's an honour / i say it's an honour to B different / i can't go their way / now I'm seventeen / "……seventeen……"」

那是椎名《罪與罰》single裡的歌曲，大抵有自況的意味。椎名來自福岡，在日本人來說關西已算是鄉下地方了，連大阪人也被認爲是比較粗野，九州人就更加是化外之民了。當然，反過來說，也有像小說家大江健三郎這樣以來自四國的森林作爲自己的獨特身分去探索，並且刻意和所謂象徵「日本」的東西保持距離，也即是拒絕那種納豆化的國族共性。不過，椎名的歌詞何嘗不是所有新一代城市孩子的寫照？大部分做著相同的毫無個性的事情，而自覺與眾不同的注定要感到孤獨。我不知道從什麼時候起，十七歲成爲了四海共通的關卡。寂寞總是屬於十七歲，現在聽來有點陳腔。有人十七歲吃喝玩樂，渾渾噩噩；有人十七歲憤世疾俗，渴望掙脫生活的束縛；有人十七歲坐上了不歸的火車，永遠失去父母和童年記憶。

我們從池袋公園旁邊走過，大白天下可以更清楚地確認此日劇勝景作爲流浪漢居所的事實。經過那間書店的時候，欣不放過機會進去逛逛。這書店非常洋化，名字只有外文，叫做Libro。店面面積不算很大，一側有小型的咖啡閣。不知何故，店內正在進行一個寺山修司的小型特展，一個專櫃上放滿了他的書和電影介紹。我對寺山修司沒有認識，就匆匆略過。另外當眼處有好幾本關於北朝鮮問題的書，看來是日本人很關心的課題，其中一本封面印有經刻意醜化的金正日漫畫人像。旅遊書放在入口右邊，一般是雜誌開本，垂直插放滿一整欄貨架。標題都以大字印在封面上端，日本的主要地區一目了然。欣挑了一本《橫濱　鎌倉》，全彩色粉紙百多頁厚厚的一本，售七百六十二圓。雖然有用的只是當中的幾頁，但我們也認爲物有所值。日本的雜誌式旅遊指南相當完善，不單印刷精美，圖文並茂，而且資料詳實，編排方式既易懂又生動，連我這樣不懂日語的人讀來也好像毫無困難。當然，吹毛求疵的人也可以說，這正正說明了日本人缺乏個性的鉅細無遺化，和這種日本式的旅遊書所象徵的毫無想像力的代辦式旅行文化。日本本來就是個過於安全的旅遊地點，再加上這種萬無一失的旅遊指南，對樂於冒險的旅行者來說當然就有點乏味。我們不是冒險家，這種周全的資訊十分適合我們的胃口。

旅遊書上列出了三條去鎌倉的路線，其中新宿站至鎌倉站車程五十六分鐘，車資八百九十圓。從池袋出發只多四個站，車資一樣。我們選擇了坐ＪＲ電車，在車站大堂的售票機上面有大型電鐵路線圖。我們得先乘山手線到品川站，再轉橫須賀線，直達鎌倉站。入閘後欣就把車票交給我，旅程中她的車票也由我保管，因爲她很容易弄丟，特別是這麼小的像半塊口香糖般的票子。早上的山手線頗爲繁忙，因上班時間已過，也不算擠得太厲害。踏進車廂，旅行的感覺就更具體了。以往無論是到日本還是歐洲，火車也是很重要的環節。火車開動的轟隆聲，搖晃的節奏，和進出月台的景象，幾乎就等同於「旅行」這個經驗本身了。它既是實質，也是象徵。這種感覺在日本格外強烈，因爲日本可以說是個火車王國，對於鐵路系統的依賴，完善，和崇拜，已經到了超越實際的地步。十幾年前奧姆眞理教對東京地鐵施行沙林毒氣襲擊，凸顯了鐵道人員堅守工作崗位的精神。村上春樹的《地下鐵事件》一書裡有詳細的訪談記述。後來又有一部由高倉健和廣末涼子主演的叫做《鐵道員》的電影，我雖沒有看過，但日本人崇敬鐵道工作的文化可見一斑。連電腦遊戲也有開電車的軟體，詳列各種電車型號的特點和路線的變化，和掌握各種開電車的速度和停站的技術，其專門和偏嗜的程度，看來實在有點匪夷所思。

在山手線上沒有空座位，我們一直站著，但在品川轉了橫須賀線，漸漸遠離東京市中心，車廂內的乘客就開始變得疏落。在車上常常可以碰見裝扮古怪的日本少女，那些誇張的頭飾，不似人形的化粧，和超現實的衣著，處處說明了日本潮流的極端品味。這大抵就是我們香港的模仿者所缺乏的完全放任的激情吧！就算是思想開放的西方人，遇見這樣的奇觀，相信也要退避三舍。其中一位奇裝少女還和她媽媽一起坐車，那位衣著端莊的傳統女性對自己生了這麼的一個小魔怪好像一點也不覺傷心，或者流露出尷尬的神色，還滿慈愛地和女兒聊著家常的話題。這說明了代溝並不一定是不能克服的。我們又察覺到日本人並不急於搶座位，有時明明看見有空位也情願站著，這種情景和我們的本土經驗大相逕庭，讓我每每覓得位子也如坐針氈。在車上我們不知怎的聊起了關於《ＩＱ博士》的話題，欣問我記不記得怪博士的本名，我說不知道，她就說是則卷千平。她又問我太郎的女朋友叫什麼名字，我甚至想不起誰是太郎，她就說是小茜。她問我為什麼會有兩個小吉，我不記得有這樣的事，她就說因為IQ博士發明了複製事物的死光槍。最後她問我IQ博士他們住的村子叫什麼名字，這次我答得很爽快，好像胸有成竹的樣子，說：天平村。她大聲取笑我，說：上水就有天平村，是天神村呀傻佬！她很懷疑我有沒有看過《IQ博士》。我想我一定是受了她說則卷千平這個名字的影響，說溜了嘴。我是在日本卡通片的薰染中長大的第一或二代，小時候看過手塚治虫的《小飛俠》，再長一點就看《鐵甲萬能俠》和《三一萬能俠》，也喜歡看溫情片如《飄零燕》和《義犬報恩》，同期的女孩會看《小甜甜》，及至中學已經是《機動戰士》和《超時空要塞》的時代了。《IQ博士》是我大學時期的卡通，我雖未熱愛但也算是對當中荒誕不經的東西頗感興趣。可是，我眞是記不起《IQ博士》是搞什麼鬼的了。這對我來說是常態，我已經不是第一次把自己曾經看過的電影、劇集和書本忘得一乾二淨，當中包括著名文學作品。我試著憶記一些日本文學作品的內容，例如川端康成的小說片段，但除了一些像《雪國》、《千羽鶴》、《古都》、《山之音》這樣富有詩意的書名，裡面盡是一片純美的空白。我總不能託詞說這就是日本的曖昧吧。我不知道是不是爲了抗衡自己隨意的失憶，這次旅行回來，我就刻意把幾天內經歷的事情重溫一遍，並且不避繁瑣地記錄下來。爲了這個緣故，我也冒著不信守納博哥夫所說的主題相連的文學準則的危險，任由自己流連於看來毫無關係和意義的細節上。我對自己竟然連天神村也說不出來而耿耿於懷。

書上建議旅客可以在北鎌倉站下車，先到附近的圓覺寺，然後徒步經東慶寺和建長寺到達著名的鶴岡八幡宮，最後才回到鎌倉站，乘江之電到長谷大佛。我看從圓覺寺到鶴岡八幡宮的步行時間大概大半小時，就打消了這念頭，決定還是從鎌倉站到鶴岡八幡宮。日本漢字中圓覺寺的「圓」字寫成「円」字，欣說驟眼看就像「幻覺寺」。我覺得這名稱也不錯，從佛教一切皆空的思想出發，人生本身就是一場幻覺吧。結果我們放棄了幻覺寺，旅行回來才知道，那是川端康成《千羽鶴》的場景。打開小說，劈頭的第一行就是：走進鎌倉圓覺寺，已經遲到了。但菊治仍躊躇著自己該不該來參加這個茶會。《千羽鶴》屬於我讀過但徹底忘記的小說之一，這一點並不出奇。我回來後把書重新讀了一遍，才對鎌倉風貌有了另一層感受。在當天稍後我們參觀鎌倉文學館的時候，欣就感歎地說，認識一個地方最好的方法，就是讀那裡的文學，只可惜今次旅程準備倉卒，未及細讀有關的書本。我十分認同這樣的說法。可是，文學作品不是旅遊資料，也不是廣告牌，和一個地方的關係其實甚爲複雜曲折。就像川端康成這樣的被奉爲代表著日本精神的作家，筆下所呈現的鎌倉斷不會只是浮面的風情畫吧。我們蜜月旅行去到布拉格的時候，乍看四周也盡是販售卡夫卡的剪影畫像製品，起先的確爲文學能得到這樣公眾化的認同而歡喜，後來卻不免爲商業化的浮淺而沮喪。以文學作品來爲異地著色，究竟是加深了對當地的認識，還是輕易地取代了自己的觀察和體會？《千羽鶴》裡的鎌倉和我所到過的鎌倉，有些地方重疊，有些地方又錯開。例如我沒法在一日遊裡體會到那種古典的美當中的淫亂，或者古典式淫亂的美。男主角菊治和亡父的情人太田夫人發生性愛，但又愛上夫人的女兒文子，罪疚無可避免地以死亡來解救和昇華。錯亂的情感和人倫關係，以茶道這一美學手段來達至和諧與平衡，以家族間祖傳茶具的象徵性承傳來轉換成優雅，在川端筆下因爲給寫成超越言詮，外在於理性和道德判斷，所以就成了一種絕對的美。淫者溢也，日本高度儀式化和繁褥化的美學也就包容了淫。在極簡潔和極單薄中反覆玩味和無限膨脹，這是陰柔的日式簡約主義底下蘊含的過度狂熱。日本茶道、俳句、料理和建築在在說明了這種雙重的曖昧。

也許我在說套套語（tautology）。曖昧即雙重，這至少是大江健三郎在他的諾貝爾獎得獎演辭中的意思。寫到這裡，我往書架上找大江健三郎的中譯作品集，在其中由光明日報出版社印行的《死者的奢華》中，收錄了這篇一九九四年的演辭。編者在前言裡想當然地把大江和多年前獲諾獎的川端康成等同起來，並且作出這樣的一段八股結論：他們的經驗證明，文學的發展首先立足於民族的文學傳統，這是民族文學美的根源。離開這一點，就很難確立其價值取向。可是，編者又說，這種民族文學又必須和其他地域和民族的文學交叉碰撞和互相融合。這種正反兩全論一方面錯不了，但實際上也沒有什麼意思。而且，簡單地把大江和川端置於同一個日本的民族根源的長流中，完全忽略了大江對這根源的反思和質疑的獨特取向。我很奇怪編者爲什麼沒有在大江的演辭中看到，他那刻意把自己和川端的文學區別開來的意圖。演辭的取題便是衝著川端來的，直譯是《曖昧的日本的我》，和川端康成一九六八年的講題《美麗的日本的我》成直接的對照。大江健三郎在演辭中婉轉但清晰地表達了自己對川端的不認同。他以「敬佩」來形容自己對前輩的態度，又指川端晚年愈趨純粹的傳統追求是一種「直率和勇敢的自我主張」，但他卻表示自己和七十一年前獲獎的愛爾蘭大詩人葉慈更感親近。大江先用英語中vague一詞去形容川端的曖昧，後來又補充說更適當的用詞是ambiguous。川端的美——也即是日本的美——就是建基於這種曖昧的雙重性之上，也即是現代化（或西化）和傳統文化的兩個極端。這兩個極端不單沒有調解和融和，反而一直處於「把國家和國人撕裂開來」的狀態中。大江把這矛盾形容爲「曖昧」，或者可以說是模稜兩可。日本在二十世紀中期所發動的太平洋戰爭，以及當中作出的種種暴行，就是這巨大的曖昧的結果。而他在戰爭的後遺症中成長，看穿了這種曖昧的美的虛假而危險的外表，遂致力於以文學來和曖昧對抗。有了這一層認知，記憶中的鎌倉又在《千羽鶴》的閱讀之後再次變形。

對的，沒有去圓覺寺讓我們白白錯失了一個憑弔文學現場的機會，但回頭細想，那又和哈日族湧往日劇場景朝聖有什麼分別？我自己十幾年前的梵谷之旅早已經說明了這種意圖的虛妄。旅行總是充滿著這種後知後覺的發現，這次尤其如是，好些資料以至於像文學和歷史背景的東西，也是旅行回來才看到和補充的。這也許也是一般遊記隱而不宣的眞實狀況。遊記並非與旅程同步，也絕非旅程本身，它在旅程完結後才開始，作者試圖在文字中把旅程重新走一次。不用說，文字的旅程必然充滿修改和加添。所以，當我們以爲作者帶著滿腦子淵博的知識和滿心洶湧的情懷去考察文化現場，其實那可能只是事後的刻意經營。事實上，站在現場的時候，作者可能只顧慮到拍照的角度，抱怨天氣太熱，擔心找不到食店或者廁所，或者純粹心不在焉。我在回港後兩天，在九龍塘又一城商場的Page One買到一本名爲《漫步在鎌倉》的深度旅遊介紹，作者王惠光是一位律師，同時也熱愛文學。許多關於鎌倉文學和歷史的認識，也就這樣後設地投映到尚未消褪的幾天前的記憶上去。

說了這麼久，我們還未到達鎌倉。這好像是一次永不開始，永遠延遲的旅程。事實上鎌倉離東京相當近，是東京人即日往還的郊遊去處。也有住在鎌倉而到東京上班的人，例如《千羽鶴》裡的菊治。當然，古都鎌倉在近代一直是高級住宅區，上班的菊治只是個沒事找事做的紈褲子弟。到達鎌倉站是正午過一點點，車站一邊是往鶴岡八幡宮的出口，另一邊和江之電相連。因爲打算稍後乘坐江之電往長谷大佛，所以就先去打探一日乘車證的情況。很自然，答案在自動售賣機上找到。江之電一日乘車證五百八十圓，當天內可無限次乘搭，小型資料單張還標明有些什麼什麼參觀場地的入場優惠。我們買了票，就繞了個大圈子回到往八幡宮的路上。正面通往八幡宮的大道叫做若宮大路，路上有三個鳥居，我們切入的地方是二鳥居附近。欣見路旁水果店外放滿了士多啤梨，就買了三百圓一盒的。士多啤梨的味道比期待中普通，並不是特別好的貨色。雖然只是在起步點，欣立即就喜歡上這條路上的景致。路面十分寬闊，路旁植滿蒼勁的松樹，兩邊是整齊矮小的樓房，樓面都是有地方特色的商店，專賣木刻、漆器和地方食品。不過，看樣子貨品並不便宜，後來看書才知道，當中很多是傳統老店，手工在行業中實屬精品，並不是大量做遊客生意的普及劣品或贗品。一家餅店門外樹立著圓筒形店牌，上面有黃色紙袋白鳥兒商標的廣告，欣說那是鎌倉名物豐島屋酥餅。我只看懂店名上的「鳩」字，那鳥形東西就是隻鴿子吧。那種餅的確做成鴿子模樣，據說來自鶴岡八幡宮正殿門匾上寫成鴿子狀的「八」字。這間豐島屋是本店，早於明治三十年已經開業，但現在店面裝潢十分現代化，簡約的外牆漆上白色，內裡有超級市場的冰冷感。我們沒有光顧，只是在店門外的鴿子商標前拍照。後來我一看見人拿著豐島屋的紙袋，我們就說那是雞仔餅。

因爲是星期天，往八幡宮的日本人不少，港客和旅行團卻無蹤影。鎌倉雖是本地名勝，但不在香港遊客覬覦之列。我們察覺到路上特多孩子，有些甚至只是手抱的嬰兒，大概是父母帶來寺廟祈福。有一對衣著前衛的年輕夫婦，用嬰兒車推著一個面圓如盤的女孩，我們一見就盯著不放，不約而同地想起自己的兒子。那個女孩厚厚的頭髮梳成粗麻繩一樣的孖辮，電了爆炸金髮的父親只是個大男孩，而小胖的母親作起cutie的打扮也像個娃娃。可是這樣的一家人卻來鶴岡八幡宮遊玩，大抵傳統文化還未在年輕一代中式微。這也算是另一種形式的「曖昧」吧。在若宮大路中央還有一條叫做段葛的小路，小路兩旁植以櫻花樹，中間是行人步道。我們看膩了商店，就橫過馬路穿進段葛裡去。櫻花樹成蔭，有置身隧道般的感覺，只可惜不是賞櫻的季節。據說段葛在八幡宮三鳥居這一頭較窄，在二鳥居入口那端則較闊，造成不同的透視效果。對於進攻的敵人，看來景觀險狹，而對於防守一方，則視野開闊。那是戰禍頻繁時代的考慮。我當時倒沒有察覺有這樣的設計，回來後在照片上鑑辨也看不出明顯的分別。穿過三鳥居，前面就是鶴岡八幡宮。這座神社於一一八〇年由源賴朝興建，供奉武神八幡神。源賴朝以鎌倉爲根據地，建立了第一個幕府政權，獲封征夷大將軍（俗稱幕府大將軍），架空天皇的權力，成爲了全日本的實質統治者，並且開始了長達七百年的幕府時代，直至十九世紀中葉明治天皇重掌國政爲止。過了入口的太鼓橋，還要踏過長長的細石參道，才到達八幡宮的舞殿。舞殿是每年四月鎌倉祭中舉行靜之舞演出的地方。我從《漫步在鎌倉》一書知道，靜之舞是紀念鎌倉幕府戰將源義經的愛妾靜御前的。話說源賴朝得勢後急欲剷除弟弟源義經，在追殺途中擒獲源義經懷有身孕的愛妾靜御前。源賴朝迫令以能歌善舞著稱的靜御前於鶴岡八幡宮的舞殿表演，靜御前於是以悲痛的心情跳舞，唱出對夫君的思念。源義經後來在走投無路之下自殺，靜御前傷心而死，初生子也難逃毒手。不過，源賴朝本人也不得好死。他五十二歲墜馬身亡，據揣測可能是遭人暗算，大將軍一位由長子源賴家繼承。源賴家後來被父親的岳長北條時政所害，他的兒子源實朝繼位後又在鶴岡八幡宮給刺殺，結果源氏的功業不過三代就給野心勃勃的北條氏呑沒了。戰國時代的權力鬥爭不出這種互相傾軋的格局，建基其上的文化資源畢竟有其侷限。這些都是極其陰暗和殘酷的歷史故事，但現今當作英雄事蹟來加以讚頌和懷念，或者耽溺於當中的淒美和悲壯，也可以說是日本曖昧文化的一端。我不敢肯定，史詩化和美學化的暴力造就的究竟是優雅還是冷酷。

我抬頭看見舞殿後面階梯上的八幡殿本宮蒙上了一層綠色的圍網，才知道正在進行修葺，後來看照片才發現原來在入口太鼓橋旁邊已經張貼告示，只是當時沒有留意。右邊的若宮好像在進行什麼儀式或者說教，只見殿內坐滿了信眾，當中還有不少孩子，由帶領員引導走動。本地遊人或善信的裝扮一般也並不隨便，不少女子都穿裙子高跟鞋，年長的男性也穿上整套的西裝，孩子就更加被打扮得像寶貝一樣。這頗有點古代郊遊的遺風，令我想起宋朝畫家張擇端的長卷《清明上河圖》裡那種熱鬧而又得體的氣氛，既世俗又不粗陋，既繁華又不浮誇。也許，對日本人來說，假日到郊外去是一種慶節性和禮節性的活動，既看人也讓人看，得講究穿戴，不像我們把郊遊看成是燒烤吃喝或者弄得滿身臭汗的運動。遊人中又有頗多西方遊客，也攜同孩子，滿是闔家歡樂的樣子。在旁側小路的洗手間外，又碰見那對前衛父母和他們的圓臉女兒。一個西人孩子步履不穩地跑在親人的前頭，在砂礫路上絆了一跤，大哭起來。我見樹蔭間的天空轉暗，擔心很快會下起雨來。若宮旁的小路種滿楓樹，楓葉枝條下垂到途人的頭頂，一伸手就可以拈住鋸齒狀的精巧葉片。從旁側小路往回走，經過鎌倉國寶館，和意想不到的幼稚園，就折返近入口太鼓橋一旁的源氏池。這是個蓮池，池畔停駐了很多白鴿，因爲不是花期，只有片片蓮葉，雖不算壯觀，但也翠綠怡人。據說太鼓橋另一邊是平氏池，平氏即是北條家所屬的武士家族。興建八幡宮的時候，源賴朝的妻子北條政子爲了延續夫家的功業，下令在源氏池裡建三座小島，以取「三」

和「產」同音的象徵，在平氏池則建四座小島，暗含「死」的詛咒。這聽來相當陰毒，結果源平二家先後敗亡。平氏池裡也種蓮花，不過是紅蓮，和代表源氏的白蓮成對比。這些都是我沒有親眼目睹的細節。我倒看見源氏池對岸的中島上插滿了白旗，欣說那是鎌倉財神的旗幟，那財神原本是一個幕府將軍，死後獲封為財神，只要向他捐獻，他就會保祐鎌倉工商業興旺。我對這個故事半信半疑。我們跑到對岸的小島上看，那些垂直的白旗上一律寫著「旗上弁財天」。我後來才看書上說，辯財天神是鎌倉七福神之一，但是個女神，而且掌管的是音樂、演藝、智慧和辯論，惠比壽才是漁農和商業的守護神。在這天稍後我們會去到的江之島上，還供奉著一尊裸體的辯財天女神。

離開鶴岡八幡宮已經一時半，我們計劃兩點正一定要出發乘坐江之電。路口有幾個半古裝車夫打扮的青年，滿有朝氣地招徠顧客，他們身後的人力車上貼著寫上「爆笑」的字條，可能是那種一邊拉客人遊覽名勝一邊講趣聞笑話的服務。別說是不諳日語的我，就算是具初級班水準的欣，也無法領略那地道的爆笑講述吧。在回車站的途中，我們拐進若宮大路旁邊的小路，發現這裡別有洞天。原來裡面的小町通也是著名的商店街，但店鋪格局較小，貨品的價錢也較相宜。一路上有不少富地方特色的食品，諸如即製的燒餅，顏色形狀和味道俱佳的漬物，還有看來平平無奇的西式曲奇餅、火腿和香腸，不看書也不知道原來大多是百年老店，保留了明治時期初次輸入西方文明的洋式風味。這些店鋪大都設有試食，我們自然毫無顧忌地大飽口福，順便填充一下有點空虛的肚子。我在一家納豆食品鋪前勾留頗久，那裡有各種製法的納豆，都十分美味。我不知道納豆究竟是一種豆的名稱，還是一種製法。那些可口的納豆和酒店早餐供應的難纏東西差天共地，我特別歡喜一種脆皮的，正猶疑著要不要買作手信，欣卻說六七百圓一包太貴。結果我們白吃一頓，卻什麼也買不成。我們這次旅行的特色，就是堅持一種反消費主義，差不多什麼也光看不買。抱有這樣態度的旅客理應驅逐出境。回港後告訴人我們去過東京，但卻兩手空空回來，拿不到手信的朋友不是感到不可思議，就是暗裡咒罵我們一毛不拔。不過我們還得吃午飯。在小町通往車站的出口，路旁有一家其貌不揚的咖啡屋，我當時心裡還暗自排除了這個選擇，因爲它看來就像那些毫無生氣但價錢又並不廉宜的老派餐廳。後來看書才知道，那咖啡室原來大有來頭，當年川端康成就是這裡的常客。不過，旅途上錯失的東西永遠比碰上的多，所謂必看的東西如果要一一窮盡就會永無止境。所以無知也未嘗不是一種幸福，資料貧乏卻可以多留一點餘裕，少一點完成指標的壓力。這也可以說是旅遊書不夠完善的優點。爲了儘早到達大佛，我們放棄了坐下來吃飯的念頭，到車站便利店買了盒裝牛奶、三文治和飯糰。車站沒有方便吃東西的地方，想找電話但又沒有國際長途。我有點心急了，但沒辦法下，只有先乘上江之電再說。

江之電有過百年歷史，據說現在行走的車廂也有六七十年車齡，是從鎌倉到江之島的湘南沿岸的主要公共交通工具。車站外面有售賣江之電紀念品的專門店，有各種型號的電車模型，也有布製電車玩具。月台十分陰暗狹陋，疏於裝修但卻被視爲富有懷舊風味。坐上輕型的列車穿梭於靠近的樓房和樹叢中，感覺有如坐迪士尼遊樂場裡模擬田園樂趣的繞場觀光小火車。長谷站是第三個站，不消數分鐘便到達。下車後橫過路軌到對面的出口，見人群也朝大路背海面山的一方走去，相信都是參觀大佛的，也就混在其中，不用看路標指示也肯定錯不了。馬路旁除了地道產物店鋪，也有不少新潮服飾精品店，但遊人都過門不入，店員或店主都只是呆坐，或者裝作專注於某些看來甚爲徒勞的作業。欣走進一家賣自製珠串首飾的店子逛了一圈就撤出，害那店東離開椅座的屁股白挪動一場。高德院大佛不算很遠，走到大路的盡頭就是入口，對面又有一家豐島屋雞仔餅。我們照舊厚顏在店門外拍照，欣還作勢豎起表示好味的拇指。天空還是密雲，佛寺外樹蔭下的砂礫地積有水窪，好像是下過雨的樣子。我居然在收費亭旁邊找到國際電話，但卻不接受電話卡，唯有投入五個一百圓硬幣。我打了母親的手提，家人正帶著孩子在外面吃飯，我弟弟的車子剛意外損毀，幸好沒有受傷。我還告訴弟弟明天會去日光，他提醒我到日光的瀑布氣溫會很清涼。通過電話，安了心，就看大佛去。憑江之電的一日乘車券，參觀大佛沒有入場優惠。

鎌倉大佛建於一二五二年，是鎌倉幕府時代，本來置於寺廟裡，後來海嘯把建築沖毀，大佛就變成露天。銅身大佛本來是箔金的，高度十三公尺多，以今天的標準並不算宏偉，和香港大嶼山寶蓮寺的大佛也差很遠，但七百多年前能鑄造這麼大的銅像，事實也殊不簡單。佛身的焊接處清晰可見，但無礙整體的和諧感。我對佛像的造型藝術沒有認識，不敢評論大佛的坐姿或神情有何特色。在佛像背後開了個小門，繳付十圓可以到佛身內部參觀，但內裡狹窄悶熱，其實沒有什麼好看。欣說外面的告示說佛像內禁止喧嘩和唱歌。遊人除了拜佛，也都拍照留念。我察覺到很多人在面前高舉手機，後來才明白他們是利用手機的拍照功能。其他人多半也用小型數碼相機或者傻瓜機，或者隨便買個連底片的用完即棄盒裝相機。幾乎沒有遊人帶備較複雜的攝影器材，我們用的那部Canon自動單鏡反光機已經算是十分笨重和礙眼。對於拍照留念的隨便化，是個小小的發現。佛寺的後園有人在圍觀在樹幹上爬來爬去的松鼠，但見那些小東西全身灰色，尾毛也不特別豐厚，樣子和老鼠差不多。已經差不多三點，肚子實在很餓，買來的食物還在背包裡，但在佛寺的範圍裡又不便吃東西。去年香港政府計劃在寶蓮寺大佛外面興建登山纜車和美食廣場，惹來了寺僧封山的抗爭。大師們說，遊人在佛門清淨地一邊吃炸雞脾一邊觀賞大佛，實在不當。香港政府對於旅遊業的膚淺理解，可見一斑。名勝不是大灑金錢就可以在一天內興建起來的。沒有文化的累積，什麼旅遊建設也不過徒具外表。我們還記得五年前到京都的時候，看到居民反對在市內興建大型新式高樓的告示。只要想想，如果從古風淳厚的清水寺放眼望去，前面竟然拔起一座和古都山林格格不入的現代化怪物，就像鐵甲萬能俠空降到《源氏物語》的世界，那是怎樣滑稽而可悲的自毀？不過，整體來說，日本在傳統與現代並存的景觀維護上算是做得相當不錯，甚至可以說是世界一流。這又是日本雙重性的一例。曖昧的狀況本身也極其曖昧，有時造成撕裂和扭曲，有時卻又彷佛達至容納和共存。大佛畢竟不是鬥大的，佛光也仰賴眾生的智慧。

之後我們就去找鎌倉文學館。從來路回去，到了往長谷觀音寺的路口向左轉，在路上一邊走一邊吃遲來的午餐。超市式的豬排沙律三文治的味道物如所值，唯有盼望文學館的精神食糧能抵消肉體的匱乏。鎌倉一帶無疑是高尚小鎮風貌，路上的低矮房子也重門深鎖，雖然門庭狹小，但內裡想必是舒適優雅的宅第。徒步往文學館不消十分鐘，從大路拐進上山的小坡道再走一會，就來到類似莊園式的圍欄外，不過真正的入口要沿著石路繼續前進。文學館入場費四百圓，和高德院一樣的是，持江之電一日乘車券也沒有優惠。文學館入場券上印有小津安二郎誕生一百年紀念展的資料，和小津在鏡子前用相機自拍的黑白照。穿過像堡壘一樣的石拱門，猶如進入另一境界的關卡，石路上空被濃密的古樹掩蔽，天色更形陰鬱。山間濕冷的氣息令我想起，五年前和欣在箱根蘆之湖畔的神社樹蔭道上的情景。當時四周也是空寂無人，涼風從頸後沁進體內，腳底下的石子濕滑，踏步聲彷彿被厚厚的枝葉吸收。看著站在一段距離打著傘準備拍照的妻子，就突然知覺到，兩個人於此時此刻共同置身於如此陌生而荒涼的國度，原本是近乎不可能的事情。不久文學館的和洋結合兩層高建築就展現眼前，我們沒有立即從正門進去，而是到房子前面的花園眺望大海的景色。剛一拍了張照片，雨就灑下來了。我們連忙鑽到室內去，在門口得脫鞋子，欣沒穿襪子，光著腳走進展館顯得有點尷尬。鎌倉文學館前身是明治時代貴族前田家的別墅，二次大戰後曾作不同的用途，後來家族後人把別墅捐給鎌倉市作為文學館之用。前田家族祖上前田利家是織田信長的家臣，幕府時代歷代為諸侯，藩地甚廣，明治維新之後封為侯爵。三島由紀夫的四部曲「豐饒之海」的第一部《春雪》中，松枝侯爵家的別墅就是以前田家的鎌倉別墅做原型。小說中松枝家位於鎌倉的別墅稱爲「終南別業」，名字來自唐朝詩人王摩詰的詩題。來看鎌倉文學館的時候，我還未讀過三島由紀夫的《春雪》，對這座改成文學館的前貴族別墅也一無所知。倒是欣從資料上得知這座房子和「豐饒之海」的創作有關，所以對三島如何利用它作爲小說場景特別感興趣。

別墅內部間隔大抵保持原樣，木地板踏上去嘎嘎有聲。從木框窗子望出去，越過西式前園的草坪和包圍別墅的樹木，大海彷彿遠在外面，但又是那麼的觸手可及，好像就貼在玻璃上一樣。窗外的海景既無聲，又不動，猶如陳封在展示櫃裡的逝去的光陰。館內分爲四個常設展室，分別是「鎌倉文士」、「古典文學與鎌倉」、「明治、大正文學與文學家」和「昭和文學與文學家」，當中包括很多響噹噹的名字，例如夏目漱石、芥川龍之介、川端康成等，當然也有不少我並不認識的。我對其中一位大佛次郎的名字很感興趣，細看之下果眞是筆名，但他的本名我已經忘了。玻璃櫃裡整潔而單調地展示了不同作家的手稿和著作，看來像死去多時的褪色枯黃的昆蟲標本。我發現作家們用的也是大開度的原稿紙，墨水筆的色澤已經暗淡，有些作者寫得相當整齊，只有少數在文稿上作大幅度修改。其中一位把刪去的句子用筆塗得密密的，但誇張的效果反而凸出了隱藏的意圖。欣對手稿的眞實性表示懷疑，我倒認爲手稿未至於由他人模擬，但作者自己（或作者的後人）只拿出抄得最整潔的定稿，則相信是普遍情況。如此一來，通過手稿去幻想作家如何殫精竭慮地一筆一畫寫出他們的鉅著，就有點一廂情願了。我們似是帶著不太恭敬的態度看待手稿這種神性的東西。至於那些初版舊書，印刷和釘裝也十分粗糙，帶有手工製作的痕跡，簡單的印花封面上有看來以人手貼上的看似以人手書寫的書題紙片。這和印象中以印刷和設計精美著稱的日本出版物完全兩樣。玻璃箱中的發霉舊書比手稿更加有力地表現出，曾幾何時，一個時代的文學創作條件，跟豐厚的物質和搶眼的包裝沒有關係。

穿過靠海景那邊的四個常設展室，房子後面是專題展室，正在進行的是小津安二郎的百歲冥壽紀念展。這邊的展室經過大幅改裝，沒有窗子，完全是一般博物館展室的模樣。我對小津的電影並不熟悉，看過的只有《東京物語》和《秋刀魚之味》。從兒時照片中看，小津小時候的家境不錯，穿戴十分講究。一本念小學時的練習簿裡，做了昆蟲羽化觀察的筆記，當中「完全變態」（metamorphosis）這個詞的「態」字看來好像「熊」字。兒童小津在旁邊還畫上那昆蟲變態前後的圖畫，可是我後來怎樣也想不起，他畫的是什麼昆蟲。印象中那東西身體很長，像螳螂，但螳螂不是完全變態的昆蟲啊！後來還可以看到很多小津長大後的繪畫，好些也許是電影取景。另外，用品方面還有小津喜歡用的油紙傘、帽子、倫敦製手錶、和德國Leica相機。令欣印象深刻的是小津的記事簿，都是小小的本子，用蠅頭小字在上面簡潔但持之有恆地記錄每天的工作和生活瑣事。欣說，只要看這些本子就知道一個人的成功不是僥倖的了。

小津生於一九〇三年，日本侵華期間小津隨軍出征，展覽裡有他的行軍照片，和同袍在田野憩息的輕鬆樣子像郊外旅行。欣想知道在電影裡展現出對人倫關係深刻體會的導演，對有份參與侵華戰爭的經歷有何見解，但這樣的材料當然欠奉。只見他的隨軍日記裡充滿童趣地用中文抄錄了很多中國地方謎語。在給小津的一封信函上，地址只寫上「鎌倉　小津安二郎」。我們也感詫異，可知小津在鎌倉無人不知。事實上，小津在一九五二年搬到鎌倉，他的電影的不少拍攝場景也在鎌倉，到他一九六三年死後

——當時只是六十歲，以一個導演來說實在太年輕——也是葬於鎌倉的圓覺寺。書上說他的墓碑上只刻著一個「無」字。至於曾經和小津傳出戀情，也是他的名作的首席女主角的原節子，據說在小津死後也住在鎌倉的淨明寺。我們都覺得原節子的樣子不像日本人，有西方女性的大眼和高鼻子。也許這是那個時代的審美眼光所致。

雖然文學館的位置偏僻，來路上也行人疏落，但在館內又覺參觀人數不少。至少是每看一個展品也要等上一個參觀者走開的那種程度。未知這能否反映出日本人對文學的尊重。縱使並非人人都是文學愛好者，但大家也明白到這些是重要的文化遺產。我猜想，在日本就算不是人人都熱衷於傳統文化，但接觸到古舊的東西的時候也會懷著敬意吧。不像我們的青年，聽到粵曲就發笑，看到七十年代的電影就大呼老餅。在看小津展室的時候，突然有人發出一聲尖叫，我還以為是誰暈倒或什麼，回過頭去，看見一個戴著像玩具一樣的深藍色塑料頭盔的少年，神情激動地站在玻璃櫃前。一個可能是他母親的女人小聲和那少年說話，嘗試讓他安靜下來，沒有責罵或者動手禁制，也許是不想加倍刺激他。少年也沒有進一步發作，只是呆呆盯著玻璃箱。很明顯少年是個智力有問題的孩子，那頂滑稽的頭盔是防止他在失控的時候弄傷自己的裝置。他大概不知道自己在看的是小津安二郎的展覽，也許是箱子裡的東西讓他想起了什麼，而不自覺地發出興奮或害怕的叫聲吧。可是，爲什麼要帶同智障孩子來看文學館呢？智障孩子能對文學這樣艱深的藝術產生認識和共鳴嗎？帶智障孩子去聽音樂會或者看畫展還可以理解，因爲聽覺和視覺藝術比較訴諸直感，智力不全未必造成欣賞的障礙，有些智障孩子甚至是這些方面的天才。可是，文學呢？我第一次從這個角度看文學，發現它是一種排斥智障者或者智力未成熟的孩童的藝術，這竟然令我感到慚愧。可是，除了最簡單的詩歌，文學的確沒法容納這群智力上的單純者。特別是現代小說這種沉重而複雜的形式，就算是普通成年人讀來也會自覺智力遲緩。當時我和欣沒有立刻談論到這個話題，但可以肯定，我們也不約而同地想到大江健三郎和他的智障兒子大江光。

我知道ＮＨＫ曾經替大江健三郎和大江光拍過一齣名爲《父子交響》的電視紀錄片。去年欣在鳳凰衛視上無意中看到這個節目，當時我不在家，她連忙找影帶錄下來，但只錄了末尾十多分鐘，而且因爲頻道接收不良而變成單色，聲效也模糊了。我看到的是大江健三郎帶兒子參觀廣島原爆紀念館的片段。大江光顯得非常害怕，站在門口不肯進去，但神色溫和的父親卻堅持著。大江光已經是個三十幾歲的大人，而且是個作曲家，但到了這時候卻完全像個孩子，雖沒有吵鬧但卻明顯對父親的做法表示抱怨。他板著僵硬的表情，既想迴避但又鼓起勇氣，嘗試去了解展館裡的圖片所呈現的事情。事後大江健三郎在一次名爲〈時代賦予我主題〉的演講中提及這件事，說兒子看展覽後神情消沉，父親也因此感到沮喪。問到他的感想時，大江光只是說：都不行呢。據大江健三郎的理解，兒子這樣說，一方面是指原爆所造成的傷亡太可怕，這樣的世界太荒誕惡濁了；但另一方面，父親帶兒子去看這樣恐怖的東西，也眞是不行。大江健三郎作爲戰後成長的一代，以核危機、日本人的反省和兒子的智障作爲主題，成爲了日本當代最重要的小說家。他發現智障孩子對音樂有天賦的才能，就加以悉心培養，結果大江光也克服了困難成爲作曲家，出版過自己的ＣＤ和辦過音樂會。可是，在文學方面，父親一直所致力探索的核危機，以至於通過小說這種形式思考的種種問題，當中包括大江光自己的智障所帶來的痛苦和啓悟，也近乎不可能和兒子分享。在原爆紀念館外面，一臉倦容的父親既明白到自己此舉的徒勞，但也明顯無改必須如此的初衷。也許這回答了先前的問題：爲什麼要帶智障孩子去看文學館呢？也許，這不過是因爲父母無法撇下孩子而得忍受著種種不便攜同他前往。可是，也不能否定他的父母會像大江健三郎一樣，認爲孩子就算不懂，也必須讓他有機會像普通人一樣見識到那十分重要的東西。說不定，縱使孩子最終對所謂文學這回事還是一無所知，或者只有片面的印象，甚至覺得這是一段不太稱心的經歷，但憑著單純的思維，他還是會因爲展館的氛圍和父母的態度而理解到，文學——或者電影——是一件莊嚴的事情。正如大江光必定理解，原爆的不行。那是培養孩子嚴肅看待世界，看待人生的方法，當中包括正視自己所不能理解和不能接受的事情。

相信很多人也會喜歡看到孩子活潑可愛的一面，但我卻往往在孩子嚴肅專注的神情當中，看到對人生本然的熱情。去年我在日本的Amazon網站上訂購了大江光的音樂ＣＤ，名爲《新的大江光》，是他在九八年錄音的作品，距離他第一張ＣＤ《大江光之音樂》已經是六年的時間。在CD小冊裡有大江光的照片，其中一張拍攝他正在作曲的情況。已經成年的大江光，架著成熟的金屬框大鏡眼，幾乎是整個人伏在桌子上，小胖而柔軟的手中並不太用力地握著短小的鉛筆，在大張的五線譜上寫上音符。雖然看不清眼神，但下垂的眼皮，過分仰前的身體，眼睛與紙張的近距離，和那跟父親一樣的緊抿的嘴角，形成了像專注的孩子一樣的稚氣的認眞。一方面因爲全神投入而忘記外在世界的缺憾，另一方面卻又因爲心靈的敏感而把世界的苦楚以單純的形式凝聚於眉眼間。在孩子的世界裡，有無限大的快樂和困厄。我認爲這是人所流露出來的最美麗和崇高的神情。去年我的兒子出世，在他還是一兩個星期大的時候，我們就在他的睡籃旁邊播放大江光的音樂。縱使有所謂孩子對音樂反應的研究，並且因之而得出孩子聽巴哈會比較乖和有紀律，聽莫札特則比較活潑聰明之類的似是疑非的結果，並且讓唱片商以此爲依據設計出各種嬰兒古典音樂CD的餐單，但據我個人的觀察，大部分古典音樂的名作，無論是貝多芬、莫札特、蕭邦還是巴哈，對初生嬰兒來說也是太激烈了。特別是卡拉揚指揮的那些音量差相當大的版本，小聲的地方孩子可能聽不清楚，大聲的地方又太驚嚇，我認爲只適宜對音響器材效果發燒的成年人。相反，大江光的音樂雖然技巧和形式方面已經十分成熟，絕非業餘者的水準，但曲調和氣氛卻十分適合幼兒。就算是有些調子比較陰暗的曲子，聽來也沒有不安感，好像當中的不安已經被音樂的形式所調解，變成了可以正視的感受。當然，我並不是我兒子，我只能猜想他的感受，又或者在他意識混渾未開之前，根本就未曾有所謂感受這回事，而純然是官能反應。可是，就我這種不完全的判斷，我主觀地認爲大江光的音樂是最切合這種本初的情感的。

大江健三郎建基於自己與智障兒子共生的文學取向，跟前輩川端康成和三島由紀夫截然不同。川端和三島也自殺身亡，後者於一九七〇年戲劇性地於東京自衛隊總部發表主張重建天皇神聖地位的演說後，以驚世駭俗的切腹方式自殺。三島死後兩年川端於寓所內選擇痛苦較輕但卻缺乏美感的含瓦斯管方式自殺。三島由紀夫是川端康成大力提攜的後輩，川端主理「鎌倉文庫」出版社的時候，就曾給予三島積極的支持。川端獲得諾貝爾文學獎之後，曾表示這個獎應該頒給三島，可見他對三島的讚賞。三島對前輩也敬重有加。兩人除了師友關係，文學取向上也有共通之處，特別是對於美、虛無和死亡的耽溺。至於兩者的分別，可能就是在陰柔的基礎上，川端傾向簡約和古雅，而三島卻力求雄壯和繁複。與純粹的文人川端相比，三島又是個行動派，是個以奇特舉動展示自己的公眾人物。他爲了洗脫自己少年時代的孱弱形象，刻意鍛鍊肌肉，學習劍道，又演出電影，唱歌，發表政治演說，組織極右團體，最後以明知會失敗的殉道式姿態上演切腹自殺的悲壯劇目。有人認爲三島的自殺其實並不是政治層面訴求的結果，而是他那渴望超越平庸世俗的絕對美感追求的體現。所以，訴求失敗是必須的前提。

可是，事實上自殺一幕並未如想像中壯烈，相反情況有點滑稽。我爲了了解大江健三郎對三島由紀夫的看法，重讀了大江健三郎中譯隨筆集的文章，在一篇名爲〈走向「新人」〉的演說裡看到這樣的描述。三島的自殺劇在錄音裡留下了證據。當時他正在自衛隊總部發表演說，企圖煽動武裝政變，但因爲現場音響效果欠佳，演說內容幾乎聽不見，又多次遭到自衛隊員聽眾們的嘲笑和起鬨而打斷，害三島要多次厲聲訓斥那些不敬的年輕士兵。結果三島就在混亂和尷尬中退回辦公室內切腹。大江健三郎認爲，三島並不是眞心要煽動武裝政變的。他所關注的其實是要把自己變成日本一個時代的表現者。可是，在這一點上面，大江認爲三島深藏著一種無法跨越的嫉妒的情感，因爲這種以自殺來表現日本人一個時代的舉動，早就由另一個自衛隊員兼日本田徑選手元谷幸吉所完成了。而三島對自己無法超越對方心知肚明。元谷在一九六四年的東京奧運會長跑項目中，背負重振國家聲威的重擔拼命爭勝，卻在最後關頭輸掉，只得了個第三。後來元谷加入自衛隊，但一九六八年卻在宿舍裡割脈自盡。留下來的遺書中，感謝了長輩的關心，但卻表示自己實在是太累了，再也跑不動了，請父母原諒。他還列出了長輩們送給他的食物名稱，表示感謝。大江說這些食物表明了戰後二十年，介乎糧食不足和豐衣足食的年代之間的階段特徵。大江的結論是，在元谷自殺之後，遺書中這種「文體、內容以及由此產生的人際關係、社會形勢都不復存在了。」相反，三島的自殺卻沒有這種劃時代性。三島把戰後日本的民主主義和經濟復甦看成是民族精神衰弱的表徵，而他也知道，自己對阻止這衰退無能爲力，於是就必須在徹底墮落前的最後關頭，蓄積所有能量作最終極而且最轟烈的爆發。在自殺之前，三島完成了力作「豐饒之海」四部曲，安排了把作品譯成外文，並在把最後一部《天人五衰》的完稿交給出版社的當天，到自衛隊總部切腹。大江健三郎說：「然而，這或許只能說明三島更看重的是他自身文學的榮光。自己對生命與文學的終結是這樣自覺表現的，而且自己的死會告訴人們，至少在日本，從此以後不會有偉大的文學了。」大江沒有說三島的遺作是不是日本最後的偉大文學作品，我想他也不會這樣認為，但他卻承認了三島自殺的反諷式暗示。三島之不能象徵時代，正說明了文學之衰退。大江說：「我作為一個日語作家送走了此後的三十年。我必須說，我的文學生涯是痛苦的。三島由紀夫以死相賭的預言，在國家主義的復興和膨脹中得到了社會的應驗。我也不得不痛切地感受到，文學的衰退，只好說也讓他言中了。」

離開鎌倉文學館的時候，雨已經停了。我們踏著微濕的石路，往海的方向走去。循來路回到江之電長谷站，剛錯過了一班車，欣就在車站旁邊的一百圓店裡逛了一會兒。再上車之後，就往江之島的方向前進。過不久電車路線就繞到海岸旁邊，遠望出去是沒有阻隔的太平洋，水平線長長的拉開，如高牆的巨浪前仆後繼向我們撲來，在浪頭前站滿了滑浪愛好者，張著雙臂保持平衡，但多半難逃下水的命運。技巧較好的卻好像在惡魔張開的大口前面遊戲似的，總是保持在隧道狀的浪壁外沿，讓翻捲而下的浪頭剛好來不及抓住他的腳跟。除了大浪，沙灘又十分狹長，大概不太適合游泳，只宜滑浪或者曬日光浴。因爲還未進入炎夏，天氣又還未穩定，泳客不多。欣看到展開的大海，就嚷著說：豐饒之海啊！「豐饒之海」於是就成了之後的行程的主題語。那時候，我們也以爲，三島的「豐饒之海」是以湘南海岸的風貌爲背景。旅行回來讀完第一部《春雪》，才知道「豐饒之海」大抵是個概括性的象徵，非指特定的地方。小說中松枝侯爵家的確在鎌倉有一座別墅，但眞正發生在別墅的情節，只在故事的後段出現。男主角松枝清顯利用帶暹羅王子到別墅度假爲藉口，避開家人的監視，偷偷於晚間把愛人聰子從東京用汽車載來鎌倉幽會，在無人的沙灘上做愛。那是相當超現實的場景。爲了躲避過於明亮的月光，他們藏身於漁舟的陰影中。書上說：「從那裡要達到深海般的愉悅還有一段路程。一心只想融化在黑暗中的聰子，一想到那黑暗只不過是漁舟相伴的陰影，就不免產生一種恐懼感；因爲那不是堅固的建築物，也不是岩石的陰影，而是不久就可能出海的漁舟短暫的陰影。舟船在陸地上停留是不現實的，它那實在的影子也像是虛幻的。她有點懼怕，這艘相當古老的大型漁船，眼看著像是要從沙灘上一聲不響地滑行到海上去了。爲了追逐那個船影，爲了永遠置身在那個陰影中，自己必須變成大海。於是，聰子在沉重的充沛之中變成了海。」無論對三島的行事和動機有什麼見解，他的描繪力無疑是非常強勁。這段文字在性心理和行爲，在清顯和聰子這段戀愛的性質和必然結果，以及在「海」的主題方面，也有多重交錯的暗示。

不過，當時的湘南海岸沒有帶給我這方面的聯想。W. G. Sebald在《Vertigo》中曾經借助一個半虛構的斯湯達的口說：一個地方的風景繪畫不單不能豐富旅人對那個地方的記憶，反而會取代它，直至他沒法記起那個地方原來在他眼中的模樣。我不知閱讀一個地方的文學描繪有沒有這種偷龍轉鳳的效果。讀了三島的關於「海」的描繪，那個在陽光初露的午後浮沉著熱鬧的滑浪者的海面，會漸漸投下那種在性欲的膨脹中迫近毀滅的邊沿的漁舟陰影嗎？這個時候想起Sebald本來極其不合時宜。沒有比德國式的紀律更遠離日本式的揮霍和華麗。可是，德國和日本在第二次世界大戰中不是顯露出兩個民族可怕的共通點嗎？我不知道Sebald有沒有受日本文學的啓發，也不能用所謂「德國式」這樣平面的意念去形容他的文體。Sebald絕非如川端和三島這樣是回歸民族傳統和純粹精神性的倡議者，相反，他在二十來歲後自我放逐到英國，從此和德國保持若即若離的關係。他也致力書寫二次大戰時期納粹迫害猶太人的後遺症，《The Emigrants》和《Austerlitz》兩本書也是以猶太人爲主角，描述他們如何在流徙中尋找自我的歸宿。可是，與其說Sebald是通過小說在從事大江健三郎式的反省，不如說他把猶太人游離無根的狀況作爲自己執迷的一種心境去加以擴張。Sebald的小說全都有一個共通的哀悼調子，所有角色也有相似的憂鬱個性，所有地點也有一致的廢墟風景。在極其婉轉曖昧的語言底下，義涵卻極其單一——個體生命接續不斷的失落，而群體無可避免地趨向自我毀滅。Sebald的小說風景幾乎是無一例外地荒涼，破敗，由盛轉衰。無論是地震、風暴、雪崩、火山爆發之類的自然災難，還是大火、轟炸、荒廢、經濟衰退等等人爲的毀壞，也成爲Sebald津津樂道的末日意象。同樣是海邊，在《The Rings of Saturn》的第三章裡，作者呈現出英國東部諾域治海岸與湘南的「豐饒」截然相反的敗象。敘述者描述了他在沿岸漫步時觀察到的景況——沙灘上排列著漁夫帳幕，孤寂地面向漁獲大減的無邊大海，繼續做出明知是徒勞的姿勢：「I do not believe that these men sit by the sea all day and all night so as not to miss the time when the whiting pass, the flounder rise or the cod come in to the shallower waters, as they claim. They just want to be in a place where they have the world behind them, and before them nothing but emptiness. The fact is that today it is almost impossible to catch anything fishing from the beach. The boats in which the fishermen once put out from the shore have vanished, now that fishing no longer affords a living, and the fishermen themselves are dying out. No one is interested in their legacy. Here and there one comes across abandoned boats that are falling apart, and the cables with which they were once hauled ashore are rusting in the salt air.」在去除情感色彩的

乾淨文風裡，我發現Sebald表露出和三島驚人地相似的虛無主義和毀滅美學，儘管兩人在其他方面幾乎完全風馬牛不相及。整潔精緻的日本相信絕不符合Sebald的旅行品味，但有誰能說毀滅使者不能用眼光把一切化為廢墟？一如我在飛機座位的無聲電視屏幕上看到的，四號颱風所造成的寧靜的災難？這並不全面的跨文化對照似乎說明了，Sebald作為西歐陰柔曖昧作家的特異稟性，但他和日本代表人物在本質上的分別也顯而易見——Sebald並不相信那絕對的，超越性的死亡，也即是那終極的美的存在。德國人更為徹底的虛無主義讓他徹底切斷和任何形式的極右主義的關聯，所以我大膽地猜想，Sebald可能是個無政府主義者。

在江之島站下車，我們就沿著行人疏落的大街往島的方向走去。所謂大街其實並不寬闊，兩旁開著沒有人光顧的小店，一副偏僻小鎮的冷清風貌。途中經過一間西洋小鎮房子樣式的香水瓶博物館，但星期日休館，只在門口拍了照片。大街的盡頭是連接海岸和江之島的大橋，一邊是行車道，一邊是行人道。橋不長不短，大概是七八分鐘的路程。在橋上回望，就可以看清楚湘南海岸的沙灘，和鎌倉平緩的山。橋下是淺平的濕泥地，島和岸之間的海峽因爲沉澱物的淤積，兩者基本上已經由沙洲相連。在水窪間有龜在爬行，欣說那是江之島的三種代表動物之一，另外兩種是貓和龍。橋道上有搭成小屋的攤檔，客人圍坐在小桌子旁，津津有味地吃著即煮的海鮮。過了橋有兩座沒有風味的大建築物，樓下是海產檔口和食店。再走下去就是上坡的參道，直達江島神社的邊津宮。再上去還有中津宮和奧津宮。參道其實也是商店街，兩邊盡是土產鋪子，規模雖小但有小島特色，店前還匍匐著肥大的貓。其實之前沒有遊覽江之島的具體打算，只是漫無目的地往這邊走走。既然來到島上，又想不妨到山頂看看。欣看書上說有自動電梯直達山頂，但要過了邊津宮才看見電梯的入口。乘電梯兼展望燈塔入場費每人一千二百五十圓，持江之電一日乘車票終於有優惠，每人七百五十圓。我們不知山路有多曲折，又見時間不早，爲了省點腳力就買了電梯票。可是踏上電梯不久就要下來步行，過了中津宮才又再搭另一段，如是者分開三段，實際乘搭路程很短，如果走路也不見困難，這才知道電梯是騙錢之作。當時我們只顧探索電梯的情況，也沒有仔細觀賞途中的神社，加上沒有資料準備，所以也不知道江之島神社主要供奉三大女神，也沒有特別留意據稱是相當著名的女性裸體辯財天神。我只是在旅遊海報上看到這位女神手抱琵琶的半身照，覺得那雪白豐腴裸體有漫畫的韻趣。我們就是這樣誤打誤撞地來到觀光塔的入口，走進閘口原來裡面還有個園子，屬收費參觀的項目。不看資料還不知道，原來這裡是明治時代英國商人所建的植物園，不少樹上也掛有學名，地上還有當年建築地基的殘蹟，看來並不可觀。

本來對觀光塔也沒有什麼期望，因爲除了巴黎鐵塔這類有歷史背景和建築特色的觀光塔，新建的塔狀物通常也是騙錢的大而無當又有礙觀瞻的東西。這是個剛剛建成的瞭望塔，第一層是個大平台，再乘升降機上去是瞭望台，室內部分的環迴玻璃窗前面有各個方向的景物標示。再爬一層樓梯則是戶外觀景台，我們到外面去的時候，天色放晴，在鎌倉方向的小山上還有烏雲壓頂，但海面上卻展開了藍天。並不太炎熱的過午陽光投在甲板地上，往下俯視，江之島顯得很小，盡在眼底。島向海一面的崖岸甚爲陡斜，海浪拍打在岩石上，在縫隙間濺起水花。暗礁造成漩渦和白頭浪，令海岸更形凶險。在天氣惡劣的時候，這小島肯定有詭奇如地獄般的氣氛。欣盯著那令人暈眩的崖岸，頻呼「豐饒之海」，說：你說不是嗎？看著也有教人跳下去的衝動！我環顧四周遊人，多是一雙一對的男女，心想江之島大概是個拍拖勝地。從年齡看來這些男女是青年上班族，髮式和裝扮也較規矩，不是那種風格前衛的年輕人。欣對這些戀人有這樣的觀察：女的通常也悉心打扮，穿斯文的西裙和高跟鞋，男的卻十分隨便，通常只是穿T恤牛仔褲和球鞋。當然不排除這些男子身上的其實都是價錢並不廉宜的名牌或者古著。外表上的不協調可能說明了男女雙方在戀愛供求關係上的價值差異。女性似乎較注重以外表吸引男性，男性則可能靠事業或者其他內在的質素吧。我又察覺到這些男女的舉動一般也很端莊，甚少在公眾地方做出過於親暱的行爲，好些還連拖手也沒有，隔著那微妙的一點距離小聲而親切地說說笑笑。我不知這是出於初次約會的生澀，相敬如賓的美德，還是過度的壓抑所致。事實上，就算是在大城市的電車內，也極少看到男女公開親熱的情況。可是，日本的公共交通工具又是著名的色狼肆虐的場所。這可能也是一種極端的表現。優雅和惡俗只是一線之差。

從觀光塔下來已經是六點半了，我們徒步下山，竟然十分輕鬆，看著那沒人光顧的電梯就有點悵悵的。回到參道下面的空地，我們就去買燒魷魚和燒蜆，在露天的木桌子上一邊吃鮮味的海產，一邊看日落。意料之外的日落是最美麗的日落。當我們下午還在避雨，又沒有到島上去的計畫，現在卻順其自然地看了海島，還一睹日本海上的日落，那眞是天賜的良辰美景。我們從海島回望日本的本島，太陽漸漸往本島的山後沉下。原本積聚山頂的厚雲識趣地散開，讓餘暉延長它的告別。我們忽然發現，在那柔和的漸變的暮色中，冒出了那形狀絕不會看錯的富士山。

在江之島看日落中的富士山！有誰能預計這樣的事情呢？欣說，這次旅行就算只是到這裡爲止，也已經心滿意足了。但這只是正式遊玩的第一天。我們呷飲著罐裝咖啡，側著臉看著最後的夕陽，向橋的另一方漫步回去。過了橋，喝光了咖啡卻找不到垃圾桶。日本路邊的垃圾桶很少，但街道卻很乾淨。商店街的商店照樣沒有生意，一副快要打烊的樣子。我對日本的旅遊經濟學很感興趣，想知道那些商店在這樣的市道下如何維持。這樣門庭冷落的情景在香港恐怕早就關門大吉了。不知是否因爲吹過海風，欣的眼睛乾澀，在正想關門的藥房買了眼藥水。我們乘江之電來到尾站藤澤，天色已經全黑。

從藤澤轉乘JR到橫濱，在櫻木町站下車的時候，已經是晚上八點半。欣向我展示旅遊書上的照片，說想去可以看到橫濱摩天輪的地方吃東西。書上介紹的是一些較廉宜的咖啡店，夜景頗爲怡人。踏出櫻木町站，外面的空地上有流行樂隊在作露天表演，其中一隊的音響相當嘈吵，把另一隊的聲音也蓋過了。往右邊望去，可以看見巨大的幻彩摩天輪在虛無黯黑的海港上緩緩滾動。我們對如何走到摩天輪頗躊躇了一會兒，因爲它雖然明明可見，但顯然是位於人工島上，不是徑直可以到達的。我們決定從正對面的大型商場繞過去。在商場延伸出來的行人天橋上源源湧下離開的人潮，往商場方向走去的卻寥寥可數。通過天橋來到商場入口，那好像叫做二十一世紀什麼的龐大建築物有超現實的空曠和冰冷感，裡面的名店除了店員外幾乎無人問津，結果卻更顯得晶瑩通透，乾淨的玻璃和光滑的雲石地磚反射著消費主義王國的聖潔光芒。我們團團轉了好一會兒也找不到合適的餐廳，最後在底層的一間咖啡店買了麵包和飲品，趁它九點關門前在大玻璃窗旁邊狼吞虎嚥兼欣賞那只能看到斜面的摩天輪。匆匆啃下晚餐，拿著還未喝完的凍牛奶咖啡，我們就決定去坐摩天輪。在商場外沿著馬路前行，過不遠就是設施零星散落的遊樂場的入口，再過去就是海邊那像一塊豎起的對摺pancake一樣的酒店。欣說酒店的奇特形狀原本象徵帆船。穿過遊樂場的時候，一對情侶拿著用完即棄富士盒子相機請我替他們拍合照。他們示意以遠處的摩天輪爲背景，並不太熱情地在黑暗的前景靠在一起。我知道利用這種沒有延長曝光功能的劣質相機是沒有可能既看到人像又看到背景的，但我還是給他們拍了。每每看到人們興高采烈地在夜景前用傻瓜機閃閃地拍過不停，我總禁不住產生徒勞甚至是厭惡之感，想大聲地告訴這些天眞或者隨便的人：這樣做只會浪費菲林，是完全沒有意義的！可是，我在明知失敗的情況下，還是給欣拍了幾張這樣的照片，而且沒有察覺到自己的相機上其實有專門應付這種情景的功能。沖出來當然如我所料，背景漆黑一片。

摩天輪原來叫做Cosmo Clock 21，位於人工島上一座叫做神奇娛樂區的組合式遊樂設施裡，同場還有過山車和其他自我虐待的驚險玩意。欣很喜歡玩過山車，可以來回幾次也面不改容，我卻完全無法抵受過山車翻滾和衝刺的時候那種窒息感。我嚴厲拒絕了欣玩過山車的提議，她也沒有勉強。這時候我強烈地慶幸自己娶了一個講道理的妻子。就算是在其他方面很少照料我的需要，只要在坐過山車這樣的事情上遷就我，我就已經心滿意足了。欣只是在等摩天輪的時候還不斷地以過山車的話題來挑釁和取笑我，又說我以一種刻毒和不屑的眼神盯著那些在我們頭頂嘩然滑過的過山車乘客。花了每人七百圓，排隊等了半小時，終於輪到我們坐上摩天輪了。六人容量的車廂一般只坐兩個人，因爲在這個時段差不多所有乘客也是一雙一對的男女。我們還嘲笑那些從廂座裡鑽出來的人都連忙整理衣衫，好像在上面幹了什麼天倫亂事一樣。我們慢慢升上橫濱的高空，在緩慢移動中還來不及察覺就已經越過了最高點，向另一邊遲鈍地沉落。到要離開車廂的時候，又覺得摩天輪走得比想像中快，這可能是由於一種視覺的相對論。離開遊樂場回頭一看，摩天輪圓心的電子鐘標示著十點〇五分。我們沿來路回去，走到天橋上，我就開始肚子痛。起先只是隱隱的，後來就演變成激烈的絞動。我面容繃緊，慢下腳步，忍受著腸子被扭曲的痛楚，盼望著儘快捱到車站。我不知道是不是吃錯什麼，也許是江之島上的煮蜆，或者咖啡裡的牛奶，又或者純粹是水土不服。我當時還擔心更嚴重的事故，害怕行程會受到影響。因爲一點點身體上的毛病，什麼遊興也頓時消失了。旅行畢竟不只牽涉精神層面，還是一種身體活動。肚子痛把我從異地觀光的浮想連篇帶回齷齪的現實需要。車站在望，但又好像永遠無法到達。幸好車站外一間咖啡店還未關門，從店子的洗手間出來的一刻，我幾乎是帶著感恩的心情。在回程的電車上，我僵硬地站著，不敢多說話，肚子裡的風波也好像漸漸平息了。

回到池袋的酒店，已經是晚上十一點。酒店大堂的公共國際電話不接受普通NTT卡，害我又要另買一張有三隻秋田犬的照片的IC卡。媽媽說新果剛吃過奶，快要睡了，又說他晚飯時依在我弟弟身上，可能是把他當作是我。酒店四處空蕩蕩的，學生住客該已全部離去。返回房間打開電視，有一個在街頭請外國人說日語的節目，由一個日語非常流利的西方男子主持，想不到能說幾句日語的外國人也頗不少。倒是輪到請日本人說英語的時候，表現卻很糟。在這個利用著大量外來語又十分崇洋的國家來說，是個相當有趣的現象。另一個電視台在播放關於非典型肺炎的時事節目，資料片段顯然從香港某電視台買入，裡面的場景和人物也十分熟悉，只是配上日語旁白。

肚子已經沒有痛了，但疫症在遠方還未止息。

奥多摩
を歩こう
三峰山
武甲山
両神山
ワンデイハイク
花と紅葉の
散歩道
水良し
空気よし!
花ハイキング
名瀑・清流を求めて
自然と歴史の息づく

3. 第三天
奥多摩

本來一直是打算去日光的，但早上起床已經是九時，日光的行程也自動取消了。日光離東京不算近，坐JR新幹線要兩小時車程，據說風景不錯，而且是古時德川家康的根據地，東照宮更是著名的文化遺產。可是，之前一天已經在鎌倉看過寺廟，也領略夠了幕府鬥爭的故事，突然就對相似的東西興趣大減。不過取消日光的行程又以什麼取代，早上出門前還未有頭緒。到酒店餐廳吃完早餐，回到房間小休，順便到廁所解決身體需要。昨晚的慘痛經歷猶有餘悸，知道每天出門前得好好清理腸胃。後來我們回顧這件事，得出一個旅行的眞理，那就是，自助旅行的好處在於早上能有足夠的餘裕去慢慢處理這方面的生理需要，而旅行團每天晨早出發的緊密安排，往往讓團友們飽受便秘之苦。有參加旅行團經驗的人也會記得，導遊們對如何解決這個難題總會有些小小的心得，例如多飲牛奶或什麼，而每在路上遇到水果店就會提醒團友萬勿錯過。事實上，這一向祕而不宣的日常活動對旅行質素的影響不能小覷。欣又提起杜杜在《瓶子集》裡的一篇散文，裡面引述了莫札特給母親的家書裡的一首打油詩：我們離家已經一個星期多，我們的屎是日日有得屙。意思即是自己身體很好，叫母親不用擔心。這樣的表達方式看似古怪，其實卻至爲平常。能這樣直率地表達人生的基本快樂，大概只有莫札特；而能把這種事情寫得如此趣味盎然的，則大概只有杜杜了。我和欣天天晚上去媽媽那裡接小兒子，最關心的事情也是：他今天有沒有屙屎。

在酒店房間裡隨便打開電視機，早晨新聞裡有G8高峰會期間日中領袖會面的報導，畫面上中國國家主席胡錦濤和日本首相小泉純一郎握手。那就是所謂世界大事，是值得加以廣泛報導的事情，如果影響再深遠一點，或者話題性再強烈一點，就足以成爲標誌著二〇〇三年六月二日這一天的歷史性事件。沒有人會記得在這一天某個小嬰兒有沒有好好大便，雖然對嬰兒和嬰兒的父母來說這是頭等的大事。當然，中日領袖會面夠不上永垂千古的重要性，注定要和嬰兒大便一樣被世界遺忘，這也是無可奈何，或者是相當合稱的結局。而更加不爲人知的是，今天是我的生日。這點連我自己也一時沒有覺察，欣也以相當程度的疏忽沒有作出任何表示。旅行令人暫時從時間中解脫出來，可謂山中一日，世上千年。至少教人稱心如意的旅行總或多或少會有這樣的效果。而我的這篇遊記，寫了兩個星期，行文走了四萬多字，居然還只是來到第三天早上，如此想來就不覺匪夷所思了。

十一時許離開酒店，我們嘴上還是說著要去吉祥寺的。書上說那裡有一條商店街，附近的井之頭公園又有藝術家擺的特色攤子。我們打算就是這樣隨便逛逛。經過Libro書店的時候，我們照樣進去看看，在旅遊書一欄碰碰運氣。欣曾經說過可以去奧多摩。我不知道奧多摩是什麼地方。在地鐵路線圖上，奧多摩位於相當邊沿的位置。欣說奧多摩是一個湖，她在出發前在網上日本旅遊頁的一個隱蔽角落找到這個地方。聽來頗有點像波赫士小說裡那些虛構的百科全書材料。從香港買的旅遊書裡，絕對找不到奧多摩這個名字。對，事實上就是它的名字吸引了我。奧多摩這個名字聽來並不優美，它不像京都、鎌倉或者奈良一樣有歷史古蹟的聯想，也不像鳥取、日光或者仙台一樣有奇麗風景的暗示。當然名字是欺騙性的，就像名古屋據說只是一座無甚可觀的工業城。奧多摩給我的第一個感覺是滑稽，用廣東話讀來像一個感嘆語，而且還是未完成的：噢！多麼，多麼的□□！這當然只是一種誤讀。在Libro翻看的其中一本旅遊書題目是《散步在 秩父 奧多摩》，裡面關於奧多摩的資料只有三四頁，但我們還是把書買下了。我們就這樣決定去奧多摩。

奧多摩湖是個人工湖，也即是個水庫，由原本的多摩川截流而成，建成於昭和三十二年，亦即一九五七年。雖然並非天然風景，但沿著從奧多摩湖流出的多摩川，有所謂舊青梅街道，也即是具歷史價值的古道，是江戶時代進出山間的主要路徑。這條古道從ＪＲ奧多摩站作起點，沿著河谷一直抵達奧多摩湖口的巴士停水根，全長九公里，最高海拔六百米，步行時間約三小時五十分。奧多摩雖然已位於山區，但直屬東京都，毗鄰山梨縣。北面的秩父也是山區，區內有很多行山步道，是很好的遠足去處。旅遊書編排相當完善，每一條行山步道的往還交通，地圖路線，各站之間的距離，海拔高低，步行時間和難易度，以及四季不同的賞山賞水看花看葉的特色，也有圖文並茂的詳盡資料。我們出發太遲，知道沒可能走一次舊青梅街道，但還是想到奧多摩湖一看。

從池袋到奧多摩，車程約二小時，車資一千零一十圓。先到新宿站轉中央線，到達青梅站再轉青梅線。青梅大抵已是東京都外圍的小城，往青梅車上的乘客不多。車上有一個穿黑色套裝衫裙和白襯衫的女孩，不知是制服還是什麼，手裡挽著公文袋，一直站在車門旁，看著窗外掠過的平凡風景。車廂裡空位多的是，但她卻選擇站著。我們在猜想，這個女孩在中午時分到偏遠的城郊，是上班還是出差呢？在東京這樣高度發展的都市，城鄉的落差相當極端。乘電車從市中心到市外的邊地，沿途環境的變化不住地強化兩極的對比。中心是熱鬧的，繁盛的，充滿朝氣的；邊沿是冷清的，荒涼的，暮氣沉沉的。從市郊進市中心是邁向成功，從市中心退出市郊是走向沒落。所以，當這個上班女孩逆流而行，在大白天充軍似地坐電車往毫無色彩和活力的小市鎮去，臉上就難免掛著落寞的神色。這就是我當時沒有根據的聯想。我們總是傾向相信，大城市才是眞實世界，鄉郊則是較眞實爲小的一種侷限性的空間。脫離城市的生活，是區隔於眞實世界的侷限性生活。這就正如我們以爲新聞上的大事才是眞實世界的全體，而我們個別的生活瑣事卻只是局部的枝節。這可能是現代化和都市化最扭曲我們的思維的地方。往套裝女孩身後望上去，車廂中央頂部掛著少女明星松浦亞彌的廣告。廣告裡的女孩窩坐在軟綿綿的沙發狀包包當中，露出兩條白嫩的長腿，雙腿叉開，幾乎看不見腿根的短褲，再加上往上仰視的無邪笑容，格外顯得色情。我想，松浦亞彌是清純派的少女偶像吧，前年好像還爲了初出道就入選紅白大賽而激動大哭。同樣是年輕女孩，松浦亞彌置身於眞實世界的焦點，而上班女孩卻屈居於眞實的邊沿。站在那搖搖晃晃的車廂地上，女孩也許會覺得自己輕飄飄的，欠缺實質，但廣告上的女孩可能同樣單薄。最後女孩在青梅站下車，沒有轉乘往更偏遠地區的列車，可見她的放逐還未算徹底。也許她將會走進一所毫不起眼的市鎮建築裡，坐在一張整潔而呆板的辦公桌前，重複做著千篇一律的瑣細工作，心裡只是期待著下班後往新宿或者澀谷尋找那其實同樣虛幻的眞實。

青梅線往奧多摩方向的月台是個小月台，列車是輛小列車。列車既小，乘客也只是寥寥數人。和我們同一個車廂的，有三個作遠足裝束的行山人士，兩女一男，年紀不小，其中一個女的卻紮了兩條嬌趣的辮子。另外還有一個老人，大概是當地鄉民。今天天行山人士戴著遮陽帽，手拿行山仗，揹著背包，膚色黝黑，想必是經驗豐富。今天天色比昨天好，但也未至於陽光燦爛，不排除隨時下雨的可能，尤其是深入到山區，天氣和外間可能有差距。電車開行不久，過了兩三個小站，就進入山林區。路軌旁的建築物漸漸稀少，整片整片的綠色塡滿窗子。間或經過景色開闊的路段，可以看見河川對岸松樹林立的陡峭山勢，跟筆直的松樹形成對比的橫斜張展的楓樹叢，狹谷下面崎曲的石灘和滾滾奔流的冷白河水，還有那些經伐木之後留下來的光禿山坡。五年前我們在箱根山路上也見過相似的風景，但剛從東京出來不久就進入如此的自然境界，感覺卻異常強烈，特別是因爲我們事前並無期望。彷彿光是用眼睛看還不足夠，我就向欣用語言去形容眼前的風景；又彷彿光是用語言還未足夠，我就不自覺地用手勢去表達。奧多摩的風景可以用四個手勢去概括：一是垂直的筆立，一是橫向的層階，一是斜向的切面，一是蜿蜒的曲折線。筆立代表向天挺拔而起的松樹林，層階代表依坡而建的房子，切面代表互相交錯的山坡，曲折線代表河川的S形流向。當時我未有自覺到各種誇張的手勢，給欣拿來當笑料，模仿我用手掌在空中砍來砍去比劃著。山上林木的砍伐明顯經過規劃，地區分布均勻，面積並不過大，邊沿也十分整齊。日本人對於自己國內的天然資源保育和再生看來甚爲注重，不過在世界各地的開採就貪婪無道，例如日本的捕鯨業早就惡名昭著，表面以科學研究爲由，實則供應國民滿足口腹之欲，已經是國際上人所共知的謊話。在限制捕鯨方面，日本堅拒讓步，缺乏對地球生態的承擔，但遇到什麼聯合出兵的國際事故，日本卻又爭先作出貢獻，絕不放過讓自衛隊出動海外的機會，縱使憲法規定自衛隊只能擔任非作戰性的後勤支援。這表面上是一種雙重國際關係政策，實際上卻服務於相同的自利目的。了解日本慣於採取的雙重標準，對於國內種種值得稱許的舉措就難以全心稱許和欣賞。這是知性和感性永遠無法調和的一例，對清醒的旅行者而言尤其如是。

列車走走停停，遠足人士於其中一個山邊小站下車，只剩下我們和那個鄉老，一直坐到奧多摩站。奧多摩站內部十分破舊，外部作日本傳統木建築狀，卻裝修得頗爲精緻。閘口沒有裝置電動車票檢收機，也沒有收票員，完全是門戶大開自出自入的鄉下風格。站外是一塊不算廣闊的汽車交匯空地，周圍房子也低矮，街道靜悄悄的沒半個人影。在出口旁邊有巴士站牌，仔細看看卻不是去奧多摩湖的。我們到馬路斜對面樣式現代化的奧多摩觀光案內所，拿了些沒甚用處的資料。服務員告訴我們，到奧多摩湖可以在大街另一邊坐二號巴士。我們在站牌上查了巴士的班次，發現間隔頗密，約二十分鐘一班，就不擔心回程的問題。站上已經停了一輛巴士，我們連忙上車，問了司機車資，正想付錢，他卻做了個交叉的手勢，說出一個英文字：Later。我們忘了從前在京都坐公車也是這樣子的，先拿上車票，然後再按票上的數字和車頭上方不斷轉換的電子顯示牌對照，就知道自己下車時要付多少錢。到奧多湖路程不遠，只消十五分鐘，車資三百四十圓。路上經過頗為險狹的多摩川，所謂舊青梅街道就是沿著川上的曲折山勢蛇行，徒步需接近四小時。看照片資料，所謂街道其實只是狹窄的山路，起先只適合行人通過，每每有馬匹墜崖，後來加闊，但也只是僅容一匹馬步行的程度。在巴士上除了三數個老鄉民，還有一個穿校服的胖胖的小學男生。在城市人的眼光中，鄉民和老人幾乎是同義詞，但在這裡成長和上小學，卻未免過於侷促了。說不定在我們到達東京當晚，在酒店裡碰上的那些臉上顯得有點過度興奮的學生哥們，當中有好些就是來自這樣的鄉郊。我們又重拾那個關於生活侷限的話題。要是一個人一世也生活在如此這般和外界隔絕的環境，並不知道外面的世界的模樣，他的人生會不會充滿遺憾？而如果這種憒憾的狀況連他本人也沒有意識到，又或者意識到而絕不介懷，那又算不算是遺憾？我們又隨即想到，所謂侷限和遺憾的定義總是從城市人的角度出發，彷彿暗示了現代化的，都市化的生活空間才是整全的，眞實的，才等於「世界」本身。在這種偏向的角度中，自然和人爲世界的價値和從屬關係全面傾側甚或是顚倒。把情況倒轉過來理解，也可以說城市人過著的才是片面的，局部的，破碎的，虛假的生活，而自然世界才是完整和眞實的歸宿。在自然人的眼中，像我們這些看到山水就大驚小怪，又拍照又讚嘆的城市人，看到鄉民就自以爲是地流露出悲天憫人的眼神的現實主義者，可能才是可笑復可憐的井底蛙。至少著名的異見者梭羅一定會這樣地認爲。

無獨有偶那也是由一個湖所觸發的反思。一八四五年，二十八歲的梭羅（Henry David Thoreau，1817～1862）拿著向朋友借來的斧頭，獨自走向華爾登湖畔，靠一己之力自建一所簡陋的房子，並且在裡面住了兩年。之後寫成《湖濱散記》（Walden）一書，對後世的自然愛好者和環保主義者影響深遠。《湖濱散記》記述了梭羅獨居湖畔兩年間的觀察和體會，書中除了描繪湖上四季自然風物之美，同樣重要的是以人的天然狀態爲據點，反思當代美國所象徵的物質文明和現代政治體制的缺憾。在梭羅眼中，這些缺憾並不是可以局部糾正的不完善，而是現代社會從根底裡就徹底地錯誤和敗壞的本質。在像《湖濱散記》一樣的自然讚歌式的同類作品中，我們期待的是以生花妙筆再現眼前的自然景觀，和對回歸簡樸純眞的無關痛癢的感懷。可是，梭羅不會讓你自我感覺良好，他對所謂文明習性的挑剔和質問到了囉唆的地步。他的卷首語相當率直地說明了這一點：「I do not propose to write an ode to dejection, but to brag as lustily as chanticleer in the morning, standing on his roost, if only to wake my neighbors up.」就算他在二十世紀已經成爲最著名的美國自然散文作家，又因爲他反政府的政治理念而被包裝成人權鬥士的模樣，但在當世和後世，梭羅也不是一個受人喜愛的人物。梭羅是個難纏的傢伙，他的書令讀者坐立不安，因爲它直接指出我們窮一生追求的物質生活根本毫無價值，換來的只是光陰的枉逝。而我們不能把責任歸咎於社會，於政府。梭羅告訴你，你是自招的，你把自己變成奴隸。在這方面梭羅是很不「美國」的人物，他和美國立國以來所倡導的勤奮工作累積財富的精神背道而馳。《湖濱散記》的劈頭第一章，題爲「經濟」（Economy）。梭羅除了交代自己到湖濱居住的背景，也詳細記述了這種遁世生活所需要的物質條件。他在一年內的總支出爲$61.99 3/4，當中包括蓋房子的材料、農作物用料、食物、衣服等；收入爲$36.78，包括賣出農作物和打散工；他眞正付出的等於$25.21 3/4；而他以這二十五元換回來的，是悠閒、獨立、健康和一間「舒適」的房子（至少對梭羅而言如是）。梭羅宣稱他一年合共只工作六周，就足夠他在其餘的日子過著滿足和自由自在的生活。對於那些爲了房產和農地而拼命幹活的人，梭羅認爲愚不可及，因爲那所謂舒適生活其實不費分毫就可以在大自然裡隨意享用。與其勞累一生賺錢餬口，不如自己捉魚種豆，與其花錢僱車代步，不如用自己的雙腿走路到目的地。這也即是說，爲了達到目標O，一般人也會首先勞碌奔波地投入工作W，但梭羅卻說，何不放棄本無必要的W而徑直去做O？又或者，可能O其實毫無意義，而眞正值得追求的是無需通過W就唾手可得的T？在梭羅的經濟學裡，交易（無論物件還是服務）就算不可能完全廢除，至少也是越低限度越好，而金錢的代用價值也必須減到最低。取而代之的價值指標，就是人生本身。要他損耗自己的人生而做的事情，不單無益而且有害。梭羅自哈佛畢業後從沒有做過一份正正經經的工作，除了在湖濱生活的兩年，不是住在父母家裡就是寄居於好友愛默生的籬下，除了在山林裡漫遊，最專注的事情是寫文章。那麼，根據梭羅的理念，什麼才是人生本應的追求呢？那大寫的T，人生終極的Truth，就是遠離文明和群體，在自然裡回復自我的本相。當然，湖畔的生活只是一個實驗，一個主張的證明，之後寫成《湖濱散記》也經過了過濾和重整。而且華爾登湖其實不算遠離俗世，離麻薩諸塞州的康葛爾——Concord，梭羅的老家所在，和畢生幾乎沒有離開過的地方——只有一個下午就可以徒步往還的距離。梭羅不是隱士，不是徹底的遁世者，梭羅的主張和梭羅的個人之間並不完全重疊。這是人和文，事和記之間無可避免的錯位。

梭羅的主張是沒有妥協餘地的。所以，很順理成章地，梭羅不單是一個自然讚美者，也同時是一個文明批判者。落實到現實層面，他表達了強烈的反政府觀點，特別是在反對奴隸制的問題上。梭羅的另一篇文章〈Civil Disobedience〉對後世的影響可能比〈Walden〉有過之而無不及。被塑造成公義高舉者和社會抗爭先驅的梭羅，是甘地和馬丁路德金的楷模。〈Civil Disobedience〉一文是社會運動家的演辭裡永無窮盡的引述泉源，而當代所謂「公民抗命」的抗爭手段，就是源自梭羅的主張。當民眾無法通過體制既有的渠道去達到公義的訴求，就必須採取非常的手段，包括不守法律和拒絕服從權力當局的指令，前提是這種抗爭方式是非暴力的。（梭羅用了「peaceable revolution」這個詞去指稱這種和平的演變，但卻附帶說「if any such is possible」。可是，如果不可能呢？在對政府絕望的情況下，梭羅後來有支持暴力手段的傾向，這是人們較少去探究的。）梭羅在華爾登湖畔的實驗期間，曾經因爲拒絕向共和國政府交稅而被捕，在監牢裡蹲了一晚。和歷代經歷悲慘的眾多異見者相比，梭羅所受的「迫害」當然微不足道，但卻富有象徵意義。他通過拒絕交稅，來表達自己不支持維持奴隸制度的政府，箇中的精神十分簡明——當個人良知和建基於法律的體制在道義問題上產生衝突，最終必須以良知行事。不過，梭羅的理據和後世的社會運動頗有差別。他宣稱人沒有責任奉獻自己去糾正社會的錯誤，最理想的做法是對不公義的政府採取不予理睬的態度，但人有責任保持自己良心的清白，拒絕給予這樣的政權任何形式的支持。梭羅絕對不是社會運動家，他從沒有參加過任何政治運動，也沒有任何政治藍圖，他只是堅持和不義劃清界線。把生命花在爭取公義之上，實在是浪費光陰，行善積德和爲錢奔波一樣，都只是虛度歲月。個人的精神追求對梭羅來說凌駕於一切公共利益。梭羅的個人主義並不要求絕對的隔離，他只是勇猛地保衛著不從屬於他人，不從屬於任何體制的，完全自主的獨處空間，正如他自己所說，他「從未找到比獨處更易於相處的同伴」（never found the companion that was so companionable as solitude）。我不知道梭羅可不可以被稱爲無政府主義者，或者他有沒有這樣理解自己。他認爲政府絕無必要，有的話也只能是權宜之制。一個好政府就是什麼也不管的政府。這大有黃老無爲思想的意味。有人把他歸類爲同時代頗爲盛行的追求精神高於物質的超越主義者（Transcendentalist），但更可能的是，梭羅絕不願意歸類爲任何一種主義的信徒，包括虛無和無政府，而主張一種完全個人化的生命自決。這同時假設了，人可以不受任何環境和條件的約束，自足自為。

在往奧多摩湖的巴士上，欣告訴我日文中的「奧」字代表「深」或者「內」的意思，所以向別人稱呼自己的「妻子」，也是用「奧」字開頭，以示在家裡深處的廚房裡的人。中文裡的「內人」或「內子」也是相同的意思。「在家裡深處的廚房裡的人」這個說法，是欣的日語老師野田所用的生動表達。我還以為「奧」代表老婆深奧難測的心思。我又想起奧古這個人。奧古是我的小說《體育時期》裡的次要人物，是女主角不是蘋果的好友兼啓蒙者，是個在CD店裡打工的二十幾歲年輕男子，對西方古典音樂十分在行，自己卻在工餘時間學吹日本尺八。在故事後段，我安排奧古拋開香港的一切，到日本去拜師學習尺八。在這個關於年輕人對抗現實侷限追求個人實踐的小說裡，奧古無疑是至為難以令人信服的人物。不過，奧古也是小說中唯一幾乎完全基於眞實原型的人物。在我和欣結婚後不久，有一段時間我們想學習欣賞古典音樂，因為無從入手，就求教於沙田HMV古典音樂部的服務員。那個青年服務員向我們講解了巴哈《布蘭登堡協奏曲》不同版本的差別，然後突然熱心地向我們推介日本的尺八音樂。他興致勃勃地把尺八大師的ＣＤ的包裝紙拆開，在音響上一邊播放一邊激動地向我們解說。說到忘形的時候，連別的客人的詢問也無心回答，毫不留情地加以打發。我們買了那張尺八ＣＤ，之後到ＨＭＶ就會去古典音樂部找奧古。他一見我們就會大談尺八，有一次還把帶在身邊的竹筒般的樂器拿出來給我們欣賞，並且即席吹奏一段。那是相當陰柔的樂器，結構極其簡單，基本上就是在竹筒上鑽幾個洞，所以吹奏也相當困難。奧古說初學時差不多完全吹不出聲音來，很是沮喪。奧古是幾年前在大會堂無意間聽了一場尺八音樂會後，就瘋狂地愛上這種樂器的。會後他想立即拜那位演出的日本樂人爲師，但不果。後來等了足足一年，那位大師再次來港演出，他才成功歸入門下。不過他正式跟隨學習的老師並不是大師本身，而是僑居香港的同門師兄。尺八的聲音令人想起黑澤明的電影中那些陰森場面的配樂。奧古說他每晚也練習兩三小時，家人和鄰居也深感煩擾和驚怖。我們對奧古這個人也感到不可思議。一個二十幾歲的年輕人，除了工作之外把全部的精神投注於這種冷門而沒有什麼實際作用的樂器學習上，爲的究竟是什麼呢？對於吹奏尺八並無出路，奧古似乎毫不介懷，照樣是滿腔熱誠地繼續著刻苦練習。

對於奧古的尺八水準，外行人如我們沒法評斷。有一次他在文化中心大堂參加演出，他專門打電話通知我們，我們也去看了。那是一場免費演出，是什麼日本文化節的一部分。奧古參與了群奏和二人合奏的項目，除了清一色的日本女演奏者，奧古是唯一的香港人和男人。演出完畢他又緊張又熱情地跑過來和我們打招呼。旁邊原來還有一個女孩子在等他，但他卻說要和其他演奏者去日本人俱樂部，打發那個女孩離去。那個女孩大概不是奧古的女朋友，但對被打發而流露的失望之情溢於言表。我們暗地裡笑說，奧古爲了尺八可以不顧兒女私情。後來沙田HMV改建，鋪面大幅縮小，取消了古典音樂部，我們和奧古也就失去聯絡。我已經記不起奧古本來叫什麼名字，只知道他英文名叫Augustus，他自稱奧古斯都，簡稱奧古。

在奧多摩想起奧古看似偶然，但和我們一直談論的人生侷限的話題其實不無關係。我們在奧多摩湖站下車，巴士徐徐消失在彎曲的湖邊路上，一直駛往湖的盡頭，那後面必定還別有洞天。可惜我們的時間眞的不多了，已經是中午一點半。前面的奧多摩湖頗爲開闊，但和之前路程上險峻的山勢相比卻過於平淡，人工的整齊強於天然的奇詭。畢竟這是一個人工湖。我們看到的只是長形湖出口的一端，一邊有長長的堤壩，另一邊則被相扣的岬岸遮擋。下車的地方有一片很大的爲了觀景而設的空地，空地上有一座木建的涼亭。天色照樣不晴不雨，所以湖水特別迷濛，山色卻特別深綠。湖裡可以看到魚群，隔了一段高度還是清晰可見，可知魚的體積相當巨大。空地上只有三三兩兩的遊人，有男女成對的，也有母親帶著孩子。涼亭下面坐著一個寫生的中年女子。聽說寫生是日本人教育中一個重要的環節，有助於對景物作長時間專注的觀察，比漫不經心的拍照留念勝千萬倍。這個女子可能就是從這樣的教育培養出耐心和敏感，縱使畫工未必精細也無損樂在其中的深遠意義。我們屬於不懂寫生的粗陋之人，唯有拍照。我們請了一個帶孩子的母親幫忙，給我們在奧多摩湖前面拍了整個旅程中唯一的一張合照。

在空地後面，在千松並立的山坡前，有一座現代化建築物，名稱直譯是「水與綠之有緣館」，其實即是水陸博物館。起先我對在自然景觀中興建現代建築深感懷疑，不帶期望地走進去逛逛，準備隨時大肆批評。博物館免費入場，內部大堂呈圓筒形，空蕩蕩的彷彿還未布置。服務台的女接待員對我們這兩個半天難逢一見的訪客格外殷勤，好像要趁這少有的機會顯示自己的存在意義，生澀的笑容又彷彿害怕我們會立即撤走。可惜我們沒有什麼服務需要女接待員提供，只是尷尬地點點頭，自行穿進第一個展館中。一條螺旋形走道依著圓筒形的建築物內部緩緩爬升，沿路有門口進入不同的展館。低層有水之體驗館和山之體驗館，播放著頗富創意地從動物的角度拍攝的短片，但那些模仿魚兒穿插水草或者鳥兒飛越山巒的畫面其實並不可觀。我情願放映的是更有教育意義的區內水陸生態資料。中層是奧多摩人工湖的建設過程，和奧多摩地方民俗歷史介紹。就算看不懂日語簡介，單看陳列的實物也能對背景略猜一二。物品包括古代的農具、漁具、刀具、布料、家用木製品，還有娛樂和祭祠演出的傀儡，形象甚具個性，相信代表著傳說裡的神祇和人物。最吸引我的注意的是一座早期幻燈機，木製的笨重箱子裡裝置著一盞油燈，在鏡頭的位置插放繪有彩色人物的薄玻璃紙片。我想像在那些古老的年代，在幽深山林中的晚上，這部幻燈機如何向村民投射出因燭火閃爍搖晃而載生載滅的奇幻人物。在更高層的展室裡有兒童教育的環節，其中有一個裝設在微弧形牆板上的大型機動模型，以代表水分的藍色球體在設計複雜而巧妙的軌道群組中的輾轉滾動和升降，來表示水分循環於天地和海洋之間的過程。參觀者只要按鍵啓動其中一個球體，整個系統就會以骨牌效應循環不息地活動。以整座有如小型巴士一樣龐大的機器來說明一個頗爲簡單的道理，看來雖然有點勞師動眾，但又十分具體生動，連我也站著看了大半天，待小藍球經歷了雨雲，山頂，河流，水管，家居，海洋，再升空回到出發點，才捨得抽身離去。這座富趣味性的機器令我對博物館改觀，覺得確實值得一遊。沒料到的是，連頂樓的料理也有不錯的水準。那只是一間快餐店式的料理店，門口設有售票機。我選了清流定食，欣就選了野菜蕎麥麵。清流定食是由湖裡釣上來的活魚所做的，天婦羅炸魚十分新鮮可口，野菜漬物也很美味，蕎麥麵也有很好的質感。在這清靜無人的餐廳，在面向澄明湖面的窗子前，吃著簡單而鮮味的食物，這無論如何也是不能再好的慶生方式了。

從未來回望，對無論是世界上哪個社會群體來說，二〇〇三年六月二日也是個平淡無奇的日子。它不是美伊戰爭爆發，或者《哈利波特》第五集出版的日子，不是九一一，不是一二八，不是七七，不是六四，也不是七一。六二暫時還未被歷史性的創傷銘刻在人們的集體記憶裡，也即還未成爲博物館或者書本裡的殭屍。在個人的數字簿裡，我的運算始於六二，源於十一五及六二六的和，後加上五一四，結果得出十七。這是一條絕對地個人化的算式。歷史的算式有著完全不同的加減法，幾何學，甚且可能是一種難解的代數。不過，正如純數學既自成系統但又和眞實世界無關，歷史也常常和事實錯開。我後來回看六月二日身在日本時的香港報紙，才知道這是最後一天發現非典型肺炎懷疑個案的日子。後來這個案證實並非SARS，香港終於在六月二十三日獲世界衛生組織從疫區名單剔除。有人認爲這是抗戰勝利。可是，其實這不算什麼喜事。有些更根深蒂固的問題，其實並不能歸因於疫症。在我寫作這篇遊記的期間，六月十八日《明報》上的新聞令我感到特別強烈的沮喪。試摘錄幾則新聞標題如下：當天的頭條是「大學生但求有工不計薪酬」，小標題是「漁翁撒網月薪六千已滿足」、「輟學大學生失業墜樓亡」、「市民對改善失業信心增」；第二版的標題是

「13.5萬人就業不足見新高」，同版報導了日本飲食連鎖店和民居食屋在本港逆市擴張，加開至十二間分店，增聘一百五十人；第四版「麥國風斥葉太『騙子』被逐」（當時立法會正審議基本法維護國家安全的第二十三條立法，立法會衛生服務界代表麥國風以童話《國王的新衣》中的騙子諷刺保安局局長葉劉淑儀）；第九版「『訛稱輪姦案』國譽毀　泰向港女索償186萬」；第十版「前政府流行病專家：當局行動慢犧牲人命」，同版「楊永強回鄉開會樂敘天倫」（衛生福利及食物局局長楊永強是當局抗炎行動的主要負責人，編者起題是否隱藏曲筆？）；國際版「33%民眾：美已尋獲伊生化武　美民攻伊認知『錯得驚人』」，小題「全球逾半人對布殊反感」，同版「《哈利5》英國被劫　損失千萬」；另外娛樂版頭條也頗堪玩味：「中田英壽　美娜祖華域　東京密會48小時」。（幾年前看美娜祖華域拍路比桑的《第五元素》，容貌美不勝收，後來她嫁給路比桑，又拍了《聖女貞德》，結果還是離婚收場。我倒喜歡看她在溫雲達斯並不成功的《地痞酒店謀殺案》中拿著書本說「I don't exist」的自閉症女孩形象。讀者可能會覺得在本應描寫超凡仙景的遊記中，插入這段俗世報導摘錄完全不著邊際。那的確不是我們會在遊記裡讀到的東西。遊記之「遊」雖然貌似基於眞實事件，當中的「記」卻永不可能和「遊」同步進行。「記」永遠後於「遊」，而且必然發生在有所差別的時空中，而這「記」的時空卻往往隱而不宣，讓人以爲它就等同於「遊」本身。我當然不是想說出「遊」完全只是「記」所改造或虛構的這樣膚淺的話，也不是要說明什麼眞實的再造。我只是想提醒自己，無論是旅行或者是遊記，也不是發生在眞空狀態中的太空漫遊。當我躲在自己的房子裡，往自己的記憶裡發掘那只有我和我妻子秘密共享的個人快樂，我用以書寫的這種語言，和得以書寫的這種情感和理智，是在一系列並行的話語和事件的相對幾何關係中，才顯出其有意義或無意義。

可是，身在奧多摩湖畔的時候，的確無法不自然泛起和世界隔絕的感覺。或者可以說是，和世界隔絕的渴望。那近似於接受梭羅的感召，對人類社群以至於體制徹底地不予信任，而相信憑一己之力可以締造符合自我良知和自然道德的生活。這種生活必須是離群獨處的，但那不等於孤單。在英語中「solitude」和「loneliness」兩個詞把兩種狀態的區別確切地表達出來。除梭羅之外，另一個把solitude作爲自己人生的必要狀態加以貫徹的，是我和欣也近乎崇拜的加大拿鋼琴家Glenn Gould。開始聽Glenn Gould的時候，也是奧古在ＣＤ店負責古典音樂部的時期。在他的推介下，我們差不多買齊了Glenn Gould的ＣＤ，連ＬＤ演奏錄影也買了好幾張。最珍貴的除了是Glenn Gould於一九八一年重錄巴哈的Goldberg Variations的錄影，還有他彈巴哈還未完成的The Art of the Fugue直至最後一個音符突然中止的定格影像。顧爾德二十二歲出的第一張唱片就是彈奏Goldberg Variations，當時可謂一鳴驚人，而在事隔二十六年重錄同一曲目之後第二年，他突然中風去世，終年只有五十歲。不過，我想說的是，顧爾德在三十歲音樂事業如日方中的時候，突然宣布從此不再公開演奏。顧爾德討厭音樂廳，因爲他認爲音樂廳已經不是享受音樂的地方，而只是無聊的社交場合，觀眾的咳嗽聲也令他難以忍受。他又認爲不斷的巡迴演出對音樂家來說只會造成精神損害。於是，他拒絕和聽眾直接接觸，但他其實隱而不休，繼續在錄音室裡製作錄音演奏。他相信錄音室的技術能恢復音樂的純粹性，唱片對演奏者和聆聽者而言，同樣是一個完全在自己控制之中，不受外界干擾的媒體。他甚至相信電子技術是音樂創造的一環而不只是工具，這對一個古典音樂演奏者來說是相當反傳統的想法。十九世紀的獨處者梭羅在湖濱小屋裡聆聽自然，二十世紀的獨處者顧爾德在電台錄音室裡製造天籟。

顧爾德不只是個演奏家，也是個創作者。除了以風格化方式演繹古典樂曲，達至再創造的意義，顧爾德也從事作曲。他這方面並沒有得到很大的成功，但當中有一個非常獨特的創作計畫，卻令人印象深刻。這部名爲Solitude Trilogy（獨處三部曲）的作品是Glenn Gould在一九六七至一九七七年間爲加拿大廣播公司製作的聲音紀錄片（Sound Documentaries），由三輯各約一小時的廣播節目組成，分別是：Idea of the North（1967）、The Latecomers（1969）和The Quiet in the Land（1977）。三輯節目的內容同樣是北部（加拿大接近北極圈的偏僻地域）生活的戲劇（drama），由居於北部的被訪者自述，經過顧爾德的剪接和編排，甚至是重疊播放，利用音樂對位法和多聲部的結構，做成類似歌劇多重對唱或者樂曲協奏的效果。關於第一輯「北部意念」，也即是整個三部曲的基本意念，顧爾德做了一番解說。北部從小就讓他著迷，住在北部邊沿的加拿大，也彷彿身處文明的邊沿。在那模糊但又確切存在的邊沿外面究竟是怎樣的一個世界，是顧爾德一直想知道的事情。當然，他也自知自己可能只是在想像中創造他的北部，所以他非常自覺地把他的想法稱爲「北部意念」。這意念也即是與城市人所熟知和遵從的價值觀成對照的，另外的東西。所以他說：「the north-the idea of the north-began to serve as a foil for other ideas and values that seemed to me depressingly urban-oriented and spiritually limited thereby.」他深知把北部形容爲絕對不受文明污染的福地是可疑的，甚或是過於浪漫化。通訊發達和交通無孔不入的二十世紀下半，畢竟已經不是梭羅的時代。可是，作爲一種主觀意念和態度，「北部」是創作和冥思的動力泉源。顧爾德說：「Nevertheless, I'm by no means alone in this reaction to the north; there are very few people who make contact with it and emerge entirely unscathed. Something really does happen to most people who go into the north-they become at least aware of the creative opportunity which the physical fact of the country represents, and, quite often I think, come to measure their own work and life against that rather staggering creative possibility-they become, in effect, philosophers.」

當然，顧爾德自己的北部意念並不一定等同於各個敘述者的北部意念，也不能概括這些眞實個人的北部體驗。當中有人懷著梭羅式的信念在北部荒蕪之地過著隱逸的生活，相信生命的眞締只存在於遠離文明的大自然。也有人對隔絕的生存狀況感到偪促，但要離去的話又已經太遲。可是，無論相互間有多少分歧，聽著這些交替地冒現，消失，重疊，分離，以致常常沒法辨識和聽清的聲音，融和在音樂似的對答性的流動中，一個確切的，令人信服的北部意念卻漸漸形成。

站在矗立著寒帶針葉樹林的奧多摩湖畔的山上，一種近似於顧爾德的「北部」的意念非常強烈地充斥於胸臆間。事前我們完全沒有料到，這趟東京之遊會把我們帶到幽僻的湖區，更沒有預想到，我們竟然會徒步深入山中。從博物館出來，已經是下午三時多。我們預算在博物館五點關門前，回去頂樓的店子買土產。初步的計畫是沿著湖畔的馬路散步。我們捨棄堤壩那一方，往巴士路線深入的方向走去，想看看湖的另外一邊的風景。過不久雙程行車的馬路就給封了近湖的一邊，巨大的起重機從幾十米高的陡坡下面把某些拆卸的鋼材吊起，載放在貨車上。貨車上站著一個年紀最多是三十歲上下的女子，工業用頭盔後面擺動著紮起的長長的馬尾，而且染了金色。女子的外型完全不像是幹這種粗活的人。沉重，剛硬，銳利的鋼材，和她富有曲線的身材全不相稱，但她卻充滿活潑和幹勁地工作著，一邊把那些大鐵塊從起落勾上解下，一邊和工地上其他清一色男性同工大聲地有說有笑。我們也看得有點瞠目，也對日本的兩性平等另眼相看。過了工地，後面是個停車場，但再過去卻只有車路而沒有行人道。發現不能環湖步行，我們也十分失望。停車場一旁有電話亭，我以爲這至少可以紓解我整天找不到電話打回香港的焦急。不過我早該料到，在這偏遠之地的電話是沒可能撥通國際的。投進的硬幣又統統退回，我有點忿然了，就好像給什麼阻隔著，沒有去路一樣。事實上，我們還在巴士線上，站牌就在不遠處。不消十數分鐘就會有一班車經過，不消兩小時我們就可以回到令人安穩的東京。可是空蕩蕩的馬路和茫茫然的湖大大削弱了這聯繫的眞實程度。我們沿來路漫無目的地往回走，越過那封鎖了一邊行車線的工地，博物館又在望。這時候，我看到山邊有一條上山的小路，路口立著說明牌。書上說奧多摩湖山上也有遠足徑，和舊青梅街道相連。我們無緣見識古道，但也可以嘗試走走附近的行山道。說明牌上指出，山路一邊通往八方岩展望台，路程約三十分鐘，另一邊通往大麥代展望台，路程一小時二十分。對於在不熟悉的環境行山，我們不敢太進取，加上天色一直陰暗，如果中途風雨大作就麻煩，所以我們選了較易走的八方岩展望台。

其實以行山徑鋪設的完善，指示的清晰，和行程的短距離，往八方岩展望台一段嚴格來說不能稱爲荒蕪，人爲安排的成分可謂十分顯著。然而，因爲身在異國，風景處處詭奇陌生，又適逢當天天氣不佳，遊人近乎沒有，那段山路就顯得猶如走進宇宙洪荒。用欣的話說，那眞是「疏離條」——這是我們以前談到Glenn Gould常常掛在口邊的solitude時的戲語。在上山的初段，下望還可以看到湖畔馬路，心裡比較踏實，但抬頭望向深入山林的路徑，就開始擔心進退的問題。比如說，如果我們當中一個失足墜崖，或者給蛇蟲咬傷，在這樣的荒山野嶺會不會呼救無門呢？其實我對上山並不太積極，我十分安於在湖畔的涼亭靜靜坐一個下午，但欣卻不甘心沒路可走，很想到山上一看。在這方面我們的性格頗成對比——我過於謹愼而欣不顧後果——但幸好這對比從未尖銳化和鮮明化，釀成嚴重的衝突。這也許拜我們共同的含糊邏輯所賜，大家也不太講究原則，所以各自會在不同的場合放棄堅持，也不覺自己犧牲了權益和立場。結果雖然並不一定是美好的，有時會證明對方的選擇有理，有時相反，但很少會僵持不下，或者兩敗俱傷。我的情況通常也是那種，在開始的時候有點保留，但發展下去卻稱心如意。就像這次上山，走不久我就放下疑慮，讓自己深深地呼吸森林的氣息。這裡的空氣和香港郊區不同。欣說她小時候有一本日本製的記事簿，封面印著眼前這樣的密林的風景，裡面還附有森林浴的氣味。就是現在這種氣味了，她說，那時候，我很想有一天能夠去到這樣的森林，想親身呼吸一下那種眞正的森林浴的氣味，現在眞的好像實現了兒時的夢想呢。這個兒時的夢，就是她心中早已存在的「北部意念」吧。這樣說來，我們每個人也有自己的「北部意念」，那想像裡的，夢想中的，存在於外面和遠方某處的，能實現自己內心的渴求的地方。就算這樣是理念先行，那也無損於渴求的正當性，和實現的豐富性。我們根本就無須堅持，理念和體驗的先後次序。於人生如是，於藝術，於文學也如是。更重要的是，最終達到二者的想像和諒解的融和，以及二者的互相說明和補足。理念讓我們明白，體驗讓我們同情。一起浸沐在草葉的湖泊中，我相信我明白森林浴的童夢，也得到了相同的感受。

山路並不難行，路上植物的品種看來並不多樣，樹木主要是松類針葉樹，楓樹，和長滿青梅的梅樹。青梅這地名大概從此而來。我們想像，秋天漫山楓紅的壯觀樣子。可惜初夏山色比較單調，春花已開，秋葉未落，更沒有深冬的白雪。那是無盡的綠，均勻的，沒有春天的青翠和碧綠相雜的層次感。花朵只有清簡的野菊和蒲公英。不過山勢和湖景還是十分可觀。沿著之字形的山路走了約半小時，真的來到八方岩展望台。路標指示，一面通往水根澤口，即是與古道相連的地方，另一面通往更高處的大麥代展望台。我們身處的八方岩展望台，位於奧多摩湖口堤壩上方，其實只是一塊小小的設有圍欄和一張木桌子的空地，從這裡可以綜覽湖口的景色。我發現對岸的兩座伸出在湖面的山岬像一大一小的兩隻怪獸，像匍匐的恐龍，大的那隻還扭著脖子望著小的那隻。山中不冷也不熱，不乾也不濕，走了這麼久身上也只是微微出汗，感覺可謂十分怡人。天色不見明朗，但間中從雲間透出薄薄的陽光。各方面也展示出均匀的狀態。我們的心情也是寧靜的，沒有激動，也並不沉寂。此刻沒有感懷，甚至連意念也消失了。又或者，意念像記憶裡的森林一樣，和眞實的森林復合爲一。沒有什麼可以再加以形容。

回到博物館是下午四時十五分，我們在土產店子逛了很久。可能是由於對奧多摩的感覺良好，突然就放棄了堅持已久的反消費主義，一口氣買了很多地道食品，當中包括：黑糖大豆芝麻軟糖、芥辣大豆、香蕉條、糯米團、森永牛奶焦糖軟糖、新鮮蕎麥麵和奧多摩清泉水。另外還有芥末染料製成的綠色印花手帕，和森林浴溫泉湯包。買完東西出來還有時間，就在涼亭下面小坐。木樑柱間有燕子巢，離巢和回巢的燕子發出尖鋭的吱吱叫聲，和巢裡聲音更尖鋭的小雛燕呼應相認。這種燕子的體積相當小，只比普遍麻雀大一點點，燕尾很短，飛行姿態呈疾衝式，在空中隨時突然改變方向。看著燕子的時候，終於下雨了。細細的雨絲無聲地灑下，湖面濛了，山色也淡化。漸漸地我聽到了。我不是聽到雨水滴下的聲音，而是雨蒙住了整個湖，蒙住了這個隔絕的天地，把涼亭包圍在非現實的眞空裡的聲音。我回頭看看坐在長凳上吃著香蕉條的欣，覺得此時此刻，我們坐在日本奧多摩湖畔的涼亭下面看雨的可能性近乎零，但我們確實共同活在這近乎零的間隙裡，一起體驗那多於一的「疏離條」。

當然，這絕對不是數學題，眞空其實也並不存在。我們很快就搭上了五點十七分的巴士。五點半過一點，我們已經回到ＪＲ奧多摩站，坐上回青梅的列車。橙色車廂的小列車停在月台，等待開出的時間。我看著鄉村車站簡陋狹小的月台，想起在電影《東京日和》裡面，扮演攝影家妻子的中山美穗手裡拿著罐裝飲品，在月台上以慢鏡頭跑向車廂裡的攝影家竹中直人的畫面。《東京日和》並不算是很出色的電影，但那時候我和欣剛剛結婚不久，從新鮮的夫妻角度自然很喜歡電影那種情調。電影由竹中直人自導自演，故事基於攝影大師荒木經惟和他已逝妻子洋子的原型。眞實的荒木以離經叛道著稱，電影中的竹中直人卻純情正派，那副自覺的藝術家模樣也有點教人吃不消。不過，中山美穗眞是無可挑剔。我們看了電影還特意去找中山美穗的《東京日和》寫眞集和電影原聲CD。我忘了電影中男女主角去遊玩的那個水鄉般的小鎮叫什麼名字，在鎮外的河畔竹中直人模仿荒木經惟拍攝妻子睡在艇子中的照片。畫面浮著時光停頓的寂靜，和自己從一段距離看著妻子而妻子卻沒有意識到的那種奇怪的，夾雜著親暱的喜悅和阻隔的孤獨的感覺。一天的旅程終結，就出現那個在月台上奔跑的場面。那是個相當古怪的場面，無論是中山美穗拿著兩罐飲品一邊跑一邊無緣無故極度燦爛地笑著的神情，還是那誇張的煞有介事的慢動作處理，也在在把這鏡頭引領向令人難以忍受的近乎老套的煽情。可是，我卻一點也不覺得，反而印象非常深刻地銘記下來。這於我易於遺忘劇情和場面的習性是罕有的事情。有點滑稽的是這時候突然出現由荒木經惟親自扮演的站長，穿著敬業樂業的整齊制服，戴著可親的圓眼鏡，滿含和靄的笑容，彷彿對電影如此處理自己的事跡點頭認可。我不知道荒木的婚姻實況如何，竹中直人的演繹也未必完美，但除了上面那個熱情奔放的場面之外，一段深刻長久的夫妻感情還是處理得相當含蓄。這含蓄甚至包容了一個令人不安的事實，那就是妻子中山美穗其實有丈夫永遠無法理解的一面，她的種種怪異行爲也不會得到圓滿的心理解釋，但那都已經包含在愛情裡面，作爲必須一生與之共處的一部分接受下來。

當然，我妻子沒有在月台奔跑——更不要說給我買飲品——我也沒有趁她睡著偷拍她的睡姿。我們的旅行還是比較欠缺電影感。在青梅站再轉JR中央線回東京，大家已頗感疲倦，漸漸少話。我看著車廂內上上落落的乘客，又察覺到一些現象。早前說過，日本電車車廂內很靜，很少人說話，就算談話聲量也很小，更加沒有人講手提電話，但卻有很多人拿著電話不停地按鍵。這次我很清楚地看到站在我前面的一個女孩在電話上打短訊，但那短訊其實並不短，塡滿了整個屏幕，因爲她已經在打了許久，所以我猜這短訊的長度不止於此，該會是近乎一篇文章了。對於這樣麻煩的溝通方式，大家也樂此不疲，可能因爲這實在是打發坐車的無聊空閒的最好辦法吧。在這各自埋頭苦幹的沉寂氣氛當中，突然響起電話鈴聲，然後是一聲頗爲響亮的答話。那是一把女聲，說話的人是個穿一身黑裙的年輕女子，就坐在我們前面預留給老弱傷殘人士的位子上。她其實已經算是放輕聲音，但在啞默無言的環境裡還是顯得十分刺耳。待她再說幾句，我就聽到她原來在說中國語。來到新宿站已是晚上七時半，下車的時候，在湧湧的人頭間瞥見一張清麗的面孔，一副日本ＯＬ乾淨端莊的模樣。人群散開才看見女子米色半截裙下面，像錯裝上了兩條手臂一樣的瘦削的雙腿，近乎無肉的大腿比膝蓋骨還要細一圈。我不禁想起啪一聲折斷的百力滋。龐大的新宿站四通八達，我們在地下百貨店裡一家叫做長谷川牧場的牛奶製品店裡吃了雙球雪糕，分別是藍莓味和核桃味。一個母親模樣的下班中年婦人也來買了單球雪糕，坐在店裡默默地吃完，滿足地抹抹嘴，才回到車站繼續回家的路程。我無法判斷她是以非吃不可的喜悅，還是隨便吃吃的例行公事的心情，來完成這件微不足道的小事。吃完雪糕，我想起打電話，在新宿站裡很容易就找到國際電話機。兩張電話卡也無用武之地，結果還是要投幣。香港時間還未到七點，新果在那邊哭鬧，媽媽說他心情不好，不知是不是因爲見不到父母。我想他還未至於掛念我們，只是感覺到有什麼跟平時不一樣，但又不能理解是什麼回事，所以就表現出煩躁來吧。我問媽媽：仔仔今日有冇屙屎？媽媽說：屙左喇。我掛上電話，心裡比較安樂了。

回到池袋已經八點多，我們在街上尋找吃晚飯的地方。經過和民居食屋，我表示就上去吧，但欣卻不想吃在香港也可以吃到的東西。這又顯出了我保守的傾向，我情願選一個能安穩地點食物的店，餐牌上印滿食品的彩照，只要指手畫腳就可以。更好的是利用售票機那種鋪子，免去說話對應的麻煩。這種不自覺的對機器的依賴，對非人化買賣方式的認可，在在說明了我是個很不徹底甚或是自相矛盾的自然愛好者。欣的選擇完全相反。她想去路上一間專吃燒物的居酒屋。那是一間非常地道的店子，鋪面很小，裡面只能坐下那四五張桌子的人，外面門邊再加開兩張。二三十人就是那樣擠在一起，屁股碰著屁股，談天說地的聲音混合重疊，效果有點像Glenn Gould的聲音紀錄片。整間店只有三個服務員，兩男一女，女的和其中一個男的負責點菜和上菜，另一個男人躲著那小小的廚房裡不停地燒烤肉類。因爲是間居酒屋，所以顧客主要還是喝酒和聊天，吃東西只是其次。我們卻當吃大餐一樣，點了十幾種食物，卻滴酒不沾，只飲波子汽水。餐牌沒有照片，欣指著上面的日語名字逐一問女侍應是什麼東西。忙得頭昏轉向的女侍應相當耐心地回答欣小學生式的詢問。這是什麼？是鳥。

是鳥？是鳥腰。女侍應指著自己的腰部，欣知道她指雞腎。鳥腰？是鳥腰。好，要一客。就這樣子，幾乎餐牌上所有東西也問了一遍。說不明白的，侍應就概括表達，例如有一樣她說是魚的東西，來到原來是魷魚。其中一種很有特色的食物，是納豆豬肉卷。坐我們旁邊的一群上班族女郎，見我們居然叫了納豆食品，就側目起來，然後就開始談起納豆的話題。欣一一聽在耳裡，把內容翻譯出來，其中一個女子說自己有個朋友是納豆狂，一看見納豆就狼吞虎嚥，她的同伴聽見就露出驚訝和不屑的表情，好像納豆是一種生人勿近的東西。然後她們又輪流談到自己家裡上一輩如何迫自己吃納豆的可怕故事，如此這般納豆的話題竟然持續了大半個晚上。我在旁邊只是聽見她們不停地重複「納豆」「納豆」的跳躍音節。大概在日本人當中，談納豆比吃納豆更加津津有味。我不禁在心裡延續早前萌生的納豆思考：以人民公敵的性質存在著的納豆，爲什麼會在大酒店的早餐裡作爲代表日本飲食文化的主要食品推介給遊客？這種普遍地爲人所厭惡的食品，爲什麼還能頑強地維持著它的地位？它是不是已經化爲必須先克服才能領略的文化精粹的象徵？換句話說，納豆是一個考驗，是一種修練。又或者，納豆是一個笑話。我們也不覺得納豆難吃，可能是因爲我們不是日本人。

居酒屋的燒物令人回味無窮，我們吃了四千多圓。這再次說明欣的選擇是正確的。我的猶豫再次給她的衝動糾正。我們捧著肚子回酒店，電視上正在播放SMAP的一個烹飪節目，由中居正廣主持，木村拓哉和稻垣吾郎兩人一組，香取愼吾和草彅剛一組。兩組分別炮製出以夏日爲主題的全套西餐，頭盤、湯、主菜、甜品一應俱全。嘉賓評判是宮澤理惠。欣說當年宮澤理惠的十八歲全裸寫眞集是大學男生們人手一本的恩物，我倒沒有這種珍藏少女裸照的純眞熱情，但在周刊上也曾見過幾張宮澤的照片。那的確是令人無從迴避的青春的展示。所以，看到患了厭食症之後的宮澤理惠，把那曾經如此驕傲的身軀隱密地包裹在長袖衫褲下，還要時刻掛著若無其事的神情，實在是令人看了也心痛的情景。也許我不應該再這樣去形容，去談論宮澤理惠，彷彿自己處於批判者和憐香惜玉者的高度。那是相當可恥的一種角度。沒錯，電視上的宮澤很瘦，但也許在這個時候，才更毫無保留地表現出尊嚴並不建基於短暫易朽的青春肉體。宮澤理惠最近憑電影《黃昏清兵衛》奪得最佳女主角獎。烹飪比賽木村一組勝出，之後有一個叫做「木村之家」的搞笑劇環節，由幾個同樣姓木村的演員合演一家人，其中木村佳乃扮演木村拓哉的母親。然後是SMAP成員諧仿電影《Matrix》的特技片段。在廣告時段有一個播放率很高的瘦身廣告，宣傳一種塗擦藥膏，片中用電腦技術把原本「肥胖」的手腳和腰部在一眨眼間變瘦，效果相當神奇，更有趣的是用家當中有一位是中年男性。臨睡前浸了在奥多摩買的森林浴湯包，彷彿眞的回到森林裡去。關燈就寢之後，隔壁傳來男女的淫聲浪語，一直持續到深夜，也不知是眞是夢。後來眞的做了個夢，差點夢見新果，但始終沒有見到。

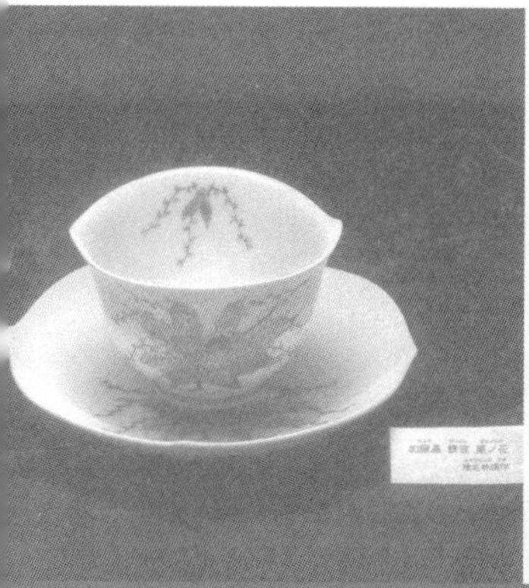

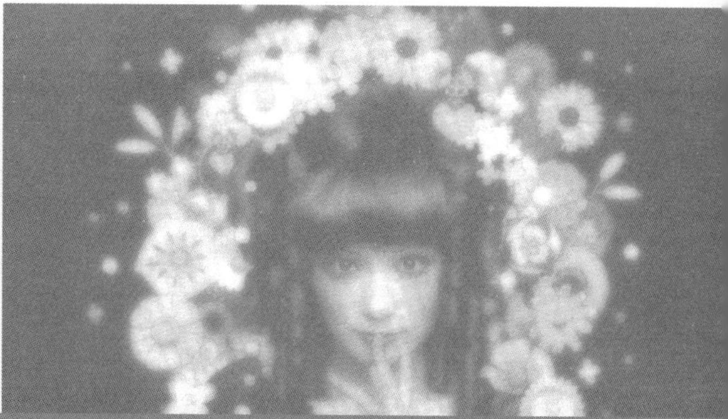

4. 第四天

吉祥寺　代官山

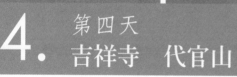

經過了兩天離開東京外遊，我們也頗有疲累之感，不約而同地認爲，第三天應該過得輕省一點。加上下午約了野田老師，就更加不可能去得太遠了。當時並沒有想到，回港後會把旅行以遊記的形式記錄下來，所以也沒有爲第三天的行程可能無甚可觀而擔心。實況中的旅行畢竟不是寫文章，可以在事前作出深思熟慮的鋪排，在過程中又可以作出帶有欺騙性的增刪潤飾。如果堅持順時序交代旅程的經過，就必須面對事件疏密不一，興味濃淡不調的參差狀況。我既然早就沒打算寫那種行雲流水式的，把經驗大筆調整的遊記，而選擇把事實按原來的況味鋪展眼前，那我就得接受兩天豐饒之旅之後第三天的瑣碎和平淡。我當然希望形諸言辭後並不會給讀者虎頭蛇尾或者無以爲繼之感，這可能在思緒的漫遊方面可以有所補足，但如果結果還是過於粗陋的話，那我們就把它視爲人生實況之一種去理解吧。

這天我們同樣是八時許才起床，九時到餐廳吃早餐。欣這天終於沒有再吃納豆，大概是已經過足了癮。早餐後回房間實踐早前發現的自助旅行的寶貴眞理，期間隨便打開電視，看到一個早晨教育節目。一班初小學生在學習四十八除四的方法，但不是通過念乘數表或者計算數式，而是由孩子們自己發明計算答案的方法。然後，孩子輪流向全班講解自己的辦法。那些方法雖然多半十分笨拙，但都是孩子自己苦思的成果，到最後其實也說明了正確除數的道理。其中一個孩子以四個蘋果一組爲單位，分別繪畫出十組蘋果，然下把剩下的八個蘋果再分成兩組，結果十組加兩組等於十二組，答案就是十二。那十組和二組的區分看似無用，實則說明了雙位數和個位數的分別計算。以這種事倍功半但十分生動的方式，孩子們也深刻地理解到除數是什麼一回事。單就這個節目來說，我們覺得日本的初等教育方法和成效不錯。可是，想到關於日本中學教育的問題，例如校園暴力或者學習意欲低落，又覺得有點難以理解。日本的小孩子也普遍得到幾乎是世界上最無微不至的照顧，在肯定是最好的物質條件下成長，但卻並不見得他們長大後都會變得特別優秀。青年問題固然在類似《GTO》或者《魔女的條件》這樣的日劇裡得到誇張的展示，但在新聞和紀錄片中也時有所聞。

我去年就看到一輯美國人拍的紀錄片，探討日本現正流行的年輕人自我隔絕的問題。十幾至二十幾歲的青年，突然決定躲在房間裡不再出來，甚至拒絕父母進入，獨自一人在封閉的空間裡度日，上網，看電視，聽CD，打遊戲機，或者什麼都不幹。這種怪癖頗成風氣，當中有些人已經幾年沒有露面了，在房間裡是生是死也只憑不斷堆積的垃圾才能知曉。而那些遷就以至溺愛子女的父母卻還害怕開罪孩子似的不敢果斷干涉，一副無可奈何的樣子。是什麼讓電視上那些好學和富創意的可愛孩子，變成拒絕接觸外界——或只願活在虛擬世界裡——的自閉者，是我最感困惑的事情。

我很想知道，在日本這樣高度文明的國家，這種制度化的糟蹋和毀壞究竟是怎樣形成和進行的。但我更想了解的是，這種被認爲是病態的自我封閉，和梭羅或顧爾德式的獨處有什麼分別。在充分認識自閉者的動機之前——那即是青年爲何會採取徹底地拒絕社會的態度——任何猜測或批評也只會是站在社會主流的角度去加以排斥或貶抑。不過，當中的關鍵可能就在於，究竟獨處是出於主動的對社會的鄙棄，以及服從於更寬闊的自然追求或者更深邃的心靈省思，還是出於身不由己的怠惰、逃避、頹廢、和自我放棄。那即是，究竟是出於眞正的有意識的反社會態度，還是社會自身普遍病患的表徵。如果是後者，貌似怪異的自我隔離行爲其實不過是極端地呈現出社會的封閉本質。當四十加八或者十加二被理所當然的四十八除四等於十二淘汰，人生就被準確無誤的計算法所侷限。

當然，去吉祥寺無需什麼計算法。它是個我們並不熱衷但也不覺反感的目的地。出發前欣在酒店的商務中心付費上網查了電郵，然後打了個電話給野田老師，確定今天下午的約會。老師不在家，欣就在錄音中用日語留言。我們又預訂了明天清晨六點往機場的巴士座位。台灣出版的旅遊書把吉祥寺列入「十大必去朝聖地」，和新宿、代官山、原宿、澀谷（還包括池袋！）等等著名購物區並列。所謂「必遊」、「必買」、「必吃」之類的說法令人相當反感。就像我不相信世界上有「必讀」的書，我也拒絕一切盲從式的必然。不過，反過來說，也不能因爲一個地方被旅遊書用令我討厭的語氣談論過，我就必須把它剔除吧。這樣的話旅行就會近乎不可能了。吉祥寺在ＪＲ中央總武線的末端，路線和昨天去奧多摩的初段相同，從池袋出發，車程約大半小時。在電車上看見某教學機構招生的廣告，欣把內容翻譯出來，才知道是專門訓練人去投考公務職位的學院。當時我就隨口作了番怪論，內容大概是這樣的：教育事業的蓬勃，建基於兩個前提——第一是令學生不能通過考試，第二是令學生學不懂他們想學的東西。第一點和所謂專業資格有關。只要把一項職業專業化，相關的考試機構和培訓機構就應運而生。職業的專業化意味著它在當前十分熱門，需要加強品質檢查，但也同時意味著僧多粥少，對職位空缺競爭劇烈。在這樣的情形下，每年會有大量學員報讀有關機構和報考有關考試，而學費和考試費也因需求甚殷而必然大幅上升。要維持這個局面就必須妨止考生太易過關，令大量學生多次報讀和多次重考，結果需求就會加倍膨脹。在香港，教師的專業化造就了類似的荒謬局面。第二點適用於業餘性質的學習，例如外語或普通電腦操作。相信不少人就有多次重讀某外語初班的經驗，而能眞正超越初班的百分比，恐怕少於二十，完成高班甚至眞正掌握日常外語的應用，可謂絕無僅有。在日本，學英語的情況大概就是這樣。另外，激烈競爭又產生了層層重疊的效果。爲了通過考試，學生必須報讀應付考試的課程，但報讀這些課程越來越困難，於是又衍生出考取報讀這些課程的資格的預備課程。如此類推，教育事業因之而日漸壯大，生生不息。欣慣於忍受我隨意而發的謬論，自然不置可否。

說去吉祥寺，其實不是看寺廟，而是看往井之頭公園方向的一條購物街。書上關於吉祥寺的形容是「個性浪人藝術家天國」，聽來眞的有如俗世外的仙境。旅遊書建議遊人集中逛吉祥寺站南口的街道。我們按指示從南口出來，果然就看見丸井百貨和無印良品，從這兩家公司中間的小路進去，就是購物街了。這條狹窄的街道頗有小鎮風味，沿路有幾間可以在露天地方小坐的咖啡店。街口有一間專賣藤織器物的雜物店，貨品種類頗豐，門外放滿了長春藤之類的鮮綠植物，和樸實而不失精巧的藤籃子十分相配。我在香港一直想找這樣的店子，從前聽說在西貢有一兩家，但個多月前欣生日當天到那裡去，卻一無所獲。我構思中的那本關於孩子有記憶之前的人生的書，除了實錄和論述之外也包括虛構的故事環節，當中打算利用藤織品的意象，也預計以售賣藤器的鋪子作爲場景之一。想不到會在日本看到比較合意的參考模型，於是也就停下來觀察了好一陣子。之後我又逛了古著店和童裝店，物品皆精美而不廉宜。那些二手T恤、牛仔褲和球鞋，比簇新的還要貴，當中的款式和版本的學問我們一無所知。在童裝店裡看見一個把一塊大布綁在肩上充當嬰兒籃的母親，嬰兒在掛於身前的布兜裡滾來滾去，驟眼看還以爲是孕婦頂著大肚子。在店門外，一個染了蓬鬆金髮的年輕母親一手夾著香煙，一手把雪糕筒塞進嬰兒車裡的女兒的嘴巴。女孩弄了滿臉滿下巴雪糕，年輕母親大呼「大變」（taihen），連忙向自己的老母親求救。母親的母親是個一臉逆來順受的神情的傳統婦女，毫無怨言地立即上前爲女兒的魯莽作出善後工作。金髮母親因此得以輕鬆地退在一旁猛力抽一口煙。待老祖母給小孫女抹乾淨嘴巴，小母親又再把雪糕塞給小女兒。欣說日語中「大變」一般作「十分」或「非常」的意思，但在上述的情景中，也可解作廣東話中的「大鑊」、「大劑」或者「大件事」。廣東話眞是表現力強勁而且豐富多姿的語言。

路上最大和我們逛得最久的，是一間專賣民族服飾和用品的店子。所謂民族風，其實是指有土著特色的異國風情。店裡有來自印度的彩色印染衫裙，美國印第安人的捕夢器、銀器和綠松石飾物，南美洲波利維亞、秘魯和瓜地馬拉的古布彩編布袋，墨西哥的布帶、皮具和帽子，秘魯的陶製吹奏樂器，和很多標榜著遠方古老文化的器物。我懷疑這些統統都是經過商品化的再造的民族特色，就像香港旅遊區的店子裡出售的那些其實沒有本地特色的中國面譜或者刺繡錢包。欣買了一件紅色印花上衫和小笛子頸飾，並且立即換上，走到街上的好天氣裡拍照。街尾有旅遊書介紹的咖啡店和老字號串燒料理，再走下一條石階梯，就是井之頭公園的入口。購物街比想像中短，店子也沒有想像中可觀，和旅遊書的熱情推介頗有距離。至於井之頭公園裡的藝術家特色攤子，書上是這樣形容的：「至於井之頭公園，是地下藝術家大集合的地方，你看那些擺出來的地攤，比店裡賣的更有想像力，有自製的銀飾、皮飾，有專賣帽子的女孩，有賣詩的年輕人，照片作成的明信片、畫、二手衣服，連用塔羅牌算命的攤子都有。除了靜態的地攤之外，變魔術的藝人、自彈自唱的歌手、聖詩合唱團、印度鼓等等的表演和練習，都散佈在公園每個角落。這裡的自由、創意絕對讓你滿載而歸。」我們肯定是空手而回。可能是時間太早，藝術家們還未起床吧。大白天的井之頭公園並沒有描述中的天堂景象，和普通公園沒有兩樣。

沒有遇上藝術家，我們就從公園折返，沿著小街往回走，在接近街口的麻布茶房吃午飯。我們在台灣和香港也吃過麻布茶房，所以也想試試日本的，可惜結果只是說明了麻布茶房的食品其實並無特色。放眼店裡座上客都是中年婦女，只有兩個十七八歲的年輕女孩。其中一個女孩身材肥胖，卻穿一身洋娃娃一樣的純白紗裙，露出渾圓的肩膊和雙腿，雲呢拿雪糕一樣的膚色和芭比娃娃一樣的化妝，讓她看起來卻有一種既精緻又原始的青春氣息。我於是開始明白日本女孩對美的極端詮釋。要不就冒生命危險節食瘦身以回復發育不全的肉體，要不就藉誇張的裝扮盡情展露發育過盛的身軀。兩者同樣戲劇化，同樣無道，同樣超現實。少女美學就是向平庸的現實挑戰，向肉身的侷限說不，是以醜為美的眼也不眨的堂皇宣告。大江健三郎對日本文化的雙重性的批評，同樣適用於當代的通俗美學上，再三細想也令人不得不深感訝異。單薄與豐腴，簡陋與繁褥，不就是日本文化不論雅俗所立足的自為正反的兩端嗎？川端的空靈與纖巧，三島的豐饒和雄壯，不就是日本的曖昧的一體兩面嗎？

午飯後到無印良品逛了一圈，全無看頭，兩點左右就坐電車回程。除了在民族服飾店買了兩件小小的東西，我們結果還是貫徹了是次旅行的不買主張，像我們這樣的旅客對日本旅遊業一定毫無貢獻。我說到「貢獻」並沒有誇大，因為根據晚近資本主義社會的邏輯，消費行爲已經提升到道德的層次。簡而言之，作爲旅客而不積極消費，是不道德的行爲。這種道德化的消費主義在後SARS的香港已經演變成相當露骨的說教。我們從日本回來的時候還未知道，SARS已經像登陸的颱風一樣逐漸消散，雖然留下了肆虐的痕跡，但雨過天晴的氣氛還是十分強烈。爲了挽救因疫症而陷入困難的本地經濟，政府以同心爲香港爲主題鼓吹消費，把消費從一種經濟行爲扭曲成互相幫助同心協力的善舉，甚或是更抽象而濫情的「愛」的表現。爲了個人需求而買一個菠蘿包，是合乎常理的經濟行爲，但爲了「幫人」而買十個菠蘿包——自己吃不下的九個可能隨便請人吃或者丟掉——這就變成了慈善行爲了。而如果是爲了「愛香港」而買菠蘿包，那就更加超越「慈善」的層次而昇華爲「奉獻」了。政府把消費變成慈善或奉獻行爲，其實是在鼓吹一種虛僞和扭曲的消費主義。又或者，這只不過是加倍赤裸地凸顯消費主義的扭曲本質。與經濟學教科書的教導大相逕庭的是，需求並不是買賣活動的最主要動機，我們買東西是因爲我們要消費。當消費是手段也是目的，結果就只會變成爲消費而消費。消費是套套邏輯的極至。有人認爲香港人因爲這次考驗而變得更團結，更懂得互相關懷，香港的民間力量也表現出優秀的素質。在人際情感的層面上，這樣的看法可能沒錯。可是，在理性反省的層面上，我們的社會並沒有從一場奪去三百多人性命的疫症中學到多少東西。我們沒有從根底去認清香港經濟的問題，本身就是源於沒有實質需求的消費的無限膨脹。只要看看在疫症肆虐期間，人們可以一下子把消費削減到那樣的程度，就知道大部分的物質和服務供應其實是多餘的，原本的那些所謂需求也是絕無必要的。事實證明，人沒有這些多餘的東西也能好好生存。現在疫症過去，我們又反過來鼓勵大家重新填塞這多餘的空間，不單以為這樣合乎常理，還大力訴諸道德情操，這不用荒謬去形容還有更貼切的說法嗎？在這個期間我常常思索梭羅的啓示，但我並不打算以梭羅式的實際行為宣示對現有社會制度的不信任。我得承認自己其實是社會大多數中律人律己也並不嚴格的平均分子，但除了激進地反社會的行為，也許還有其他實踐個人理念的空間。到了這裡我才發現，這篇遊記之所以會接連橫生枝節，從異國觀光經歷漫走到種種凡俗的困擾和不滿，是因為我至少希望把寫作本身視為一個行動，勾劃出思緒和現實之間的種種路徑，為侷限的生活繪製出可行的地圖。我就是基於這種日常生活實踐的理念來寫這篇遊記的。

我們約了野田老師三點半在池袋的酒店大堂見面。在回池袋的電車上，我們重拾文明和文化的話題。欣轉述了一位學者在某個城市文化研討會上的說法，把文明和文化兩個觀念分別指稱一個社會的現代體制和傳統精神。根據這樣的二分法，香港是一個有文明但沒文化的城市，內地城市如北京或上海則處於文化深厚但文明不足的階段，而日本則兼具兩者，既有文明又有文化。當然我們也不認爲像文明或文化這樣宏闊的事情可以這樣輕易地指標化，就算眞的要這樣去表達，最多也只能是一種意義十分有限和角度十分片面的權宜說法。日本的情況肯定比想像中複雜。日本的傳統文化保存和承傳在世界上可謂首屈一指，日本的現代化無論在制度還是在物質條件上也是位於最先進的前列，但如果大江健三郎的觀察沒有錯的話，日本的問題正正就是發生在二者的矛盾之中。在兩者極端化的衝突中，演變出至爲反文明反文化的結果，而日本政府以至於一般國民，一直還未有正視和反省歷史昭昭在目的教訓，反而以日益張狂的勢頭朝重蹈前代覆轍的方向發展。這就是大江健三郎近年最擔心的事情，而他在演講和隨筆裡也多次作出公開批評。

野田老師比約定時間遲了十五分鐘，因爲坐地鐵走錯了出口，一路上四處問人才找到太陽城王子酒店。欣和老師已經兩年沒見，所以心情格外興奮。我們和老師走路到附近的Libro書店，在裡面附設的咖啡店坐下。野田老師已經近五十歲，但依然深富盛年女性的丰采，簡單的恤衫西裙看來爽朗而端莊。野田老師是大阪人。據說關西人的個性開朗，不拘小節，喜歡說笑。觀乎老師的言行，果然富有這方面的素質。在聚會的兩個小時裡老師的笑聲不絕，說話風趣，神情生動，但又一點不覺粗野失禮。欣由始至終也用日語和老師交談，讓老師十分驚喜。就算間中出現力有不逮的情況，在老師的幫助下也能簡潔表達自己的意思。老師表示，絕大部分的香港學生在停止學習日語之後，不消一年半載就會把所學忘得一乾二淨。我不諳日語，坐在一旁只有看的份兒，但卻不覺沉悶，有時也能從動作神態中猜想一二。我唯一能聽懂的是當欣遇到表達困難時，老師耐心而充滿鼓勵的「大丈夫」「大丈夫」（daijoubu），意即「沒關係」，「慢慢來」。野田說她現在正在給幾個外國商人當日語老師。野田老師的丈夫也是商的，在香港那兩三年住在港島南灣高級住宅區，原本可以說是生活無憂，但她以教日語爲興趣，在學生身上花上不少時間和精力。那時候欣選修了大學日本研究系的初級日語課，覺得野田老師的講解生動清晰，課後又常常藉著和老師吃午飯的時間，繼續請教和練習，所以在短期內得到了很大的進步。老師也不厭其煩地耐心教導，有時一頓午飯吃兩三小時也樂此不疲。可惜的是老師後來和丈夫回國，欣也因爲忙著寫論文而沒有繼續修日語。出乎意料的是，放下兩三年的日語竟然沒有生疏，而且還可以暢順地交談，那對學生和老師來說也是最大的成就吧。

野田老師說她現在住在ＪＲ舞濱站附近，和東京迪士尼毗鄰，每天吃晚飯的時候窗外也發放花火，初時也有怪異之感。老師以前也住過代官山，在澀谷附近的山上，也是十分高級的住宅區。老師雖然是個貴婦人，但衣飾十分簡樸，舉止也沒有半點驕矜之氣，反而常常傻氣十足，讓人感到十分親近。欣告訴老師我們今次日本之行去過的地方，老師說她年輕時也去過鎌倉大佛和江之島。我想起燈塔上遇到的含羞答答的拍拖男女，想像野田老師年輕時候的模樣，一定像那些裝扮端麗的苗條女子一樣，但在彬彬有禮的表面下，也會偶然流露出頑皮愛笑的天性吧。至於奧多摩，老師沒有去過，但她去過青梅。我們常常有個錯覺，以爲當地人什麼本國地方也知道，其實不然。欣從前有一位在中文系研究廣東話的日本同學吉川，雖說在東京大學畢業，但竟然連銀座和澀谷在哪裡也不知道。所以世上沒有想當然的事情。我們以爲的所謂必然，其實都是不必然。野田老師之所以能堅持教學的興趣，也許也因爲沒有孩子。不生孩子的箇中原因不得而知，我們對老師的婚姻生活也所知不多。我們把兒子的照片拿出來，老師看得興高采烈，自然令人聯想到，老師會是一個怎樣的母親。現在學生已經進而扮演母親的角色，而作爲老師的卻還未有經歷這樣的階段，細心想來這也會是個頗堪玩味的境況。當然，既然否定了人生的必然，有沒有孩子也就不能成爲圓滿還是遺憾的準則。一席談話之後，野田老師給我留下了深刻的印象，我猜想有那麼的一天，她會作爲一個形象給寫進我的小說裡去。

談到差不多六點，也是時候告別，我們和野田老師一起走到電車站，途中經過那家HMV，欣就請老師幫忙向售貨員詢問有沒有椎名林檎的卡拉OK。老師不愧爲老師，教曉了欣正確的問法，就鼓勵學生直接去問，自己站在一旁觀察。欣初步詢問過，出現比較複雜的狀況，老師才介入幫忙解釋。結論是在日本沒有任何卡拉ＯＫ影碟或影帶發售。這頗出乎我們意料之外。卡拉ＯＫ是日本人發明的東西，但事實上在一般日本家庭裡也沒有唱卡拉ＯＫ的影碟機。原來日本人唱卡拉ＯＫ也只會到卡拉ＯＫ店子去唱，絕不會像香港人一樣躲在家裡唱的。我老早就在潑冷水，說不可能有椎名的卡拉ＯＫ，但我原以爲只是因爲椎名特立獨行風格不像是會出卡拉ＯＫ的歌手。

不過，我們還是找到椎名最新推出的《賣笑Ecstasy》演唱會實錄ＤＶＤ，和早前推出的錄象電影《百色眼鏡》。這樣也就不算是空手而回了。「賣笑Ecstasy」是二〇〇三年二月二十三日於九段會館舉行的演唱會，同時期推出她的第三張個人專輯《加爾基 精液 栗之花》。椎名去年生育後復出已出版了一張質素非常高的雙ＣＤ《歌手的幸福》，重唱經典英日語名曲以至德法語歌謠。兩張ＣＤ分別由舊拍檔龜田誠治和新拍檔森俊之編曲，鮮明地突出兩位編曲人的風格，也是罕有地以編曲者爲主角的ＣＤ。「賣笑Ecstasy」的名稱呼應椎名上一次的大型演唱會「下剋上Ecstasy」，也貫徹了椎名自〈歌舞伎町女王〉以來的歌伎主題。演唱會安排極富心思，開場的時候先由《百色眼鏡》的男主角小林賢太郎穿著明治時代的服飾出場，模演劇中的偷窺場面。舞台上的屏幕插播出電影畫面、現場畫面和椎名在場館外踏出老爺車進入後台的即時轉播。在一輪惹笑的諧仿之後，觀眾看到小林在後台的通道上遇上歌姬椎名，卻被對方隨便打發。最後，穿著典麗晚裝裙的椎名在峭拔的小提琴前奏曲中登場。以投入的人力物力和構思的精心設計來說，不到一小時的演唱會實在太短促。當中唱的主要是新碟《加爾基 精液 栗之花》中的新曲，唯一的舊曲是〈歌舞伎町女王〉。還有第一首〈枯葉〉是在《歌手的價值》裡的法語歌。現場演奏的樂團採用了糅合古典音樂的華麗和爵士樂的即興發揮的風格。一如以往，椎名的演唱會本身是一場角色扮演，一個概念的完成，但重點完全是唱歌和音樂，而不會有多餘的說話，也沒有跳舞雜技之類的花招。就只是站在台上完全進入出神狀態的演唱。終幕後屏幕播出椎名回到後台，在通道上暈倒然後給抬上汽車的即場錄像。整個歌伎到場演出的概念於焉圓滿結束。演唱會同時於仙台、金澤、橫濱、名古屋、神戶、廣島、長崎等多個城市的場地直播。

我早已買了椎名的《加爾基 精液 栗之花》。據說在二月推出時，因爲題目用字過於大膽，廣告被某大報紙拒絕刊登。CD的封套設計和大膽的名字大相逕庭，封面是一隻白瓷杯連碟子，杯身燒有精美的栗之花。內頁除了有椎名的黑衣喪服和白衣僧侶服造型，就只有古老小鋼琴、電結他、三味線、古箏和琵琶等樂器的硬照。封底照是放在瓷碟上的粉紅色和橙色和果子。人物造型強調歌手角色的主題，樂器則相當明顯把音樂放在主角的地位。這低調、節約、簡潔、糅合古典與現代的設計，有力地概括了椎名作爲一個音樂創作歌手的立場。在《賣笑Ecstasy》的DVD裡還附有《加爾基 精液 栗之花》的六個宣傳CM，以六個不同造型的文樂偶人模仿歌伎椎名，效果出人意表。我不知道椎名林檎在日本樂壇算不算是異數。一個二十五歲的女孩子，包辦整個作曲作詞和創作意念的過程，每一個環節也出於個人的獨特取向，而且得到如此完美的配合，唱片公司也願意投入巨大資源，讓她去實驗這種並不完全合乎既有市場規律的事情，在香港簡直就是天方夜譚。椎名林檎的創造力實在無與倫比，除了超乎尋常的音樂敏感，極度風格化的唱功，還有無窮無盡的創作意念。我願意相信這不可能是唱片公司的包裝，而完全是出於個人的才能。而椎名的歌詞，於我來說就是詩。不是唯美的那種所謂詩意，而是通過曲折奇詭的語言組合，去表達出至爲幽微的情感狀況的詩。我至今還百思不解的是，歌詞如此深奧難明的歌曲，居然可以登上流行榜前列，而椎名林檎也是東芝ＥＭＩ除宇多田光之外最重頭的歌手之一，這樣的事情是在怎樣的條件之下才能實現？難道完全只是因爲椎名的奇言怪行？還是純粹因爲音樂上的實力？我始終相信，喜歡椎名林檎的人，一定清楚知道椎名林檎的獨特意義。

在寫這個章節的期間，曾經有兩天停下來，騰出時間來爲將要出版的新書作校對。趁這個機會把兩年前寫成初稿的小說重讀一遍。那年椎名林檎因懷孕而宣布暫時退出樂壇，當時她只有二十二歲。孩子的爸爸是結他手彌吉淳二，是椎名的合作伙伴，兩人已於不久前祕密結婚。消息突然而轟動。椎名在唱片公司網站上交代擇偶的考慮時，非常椎名式地戲說，丈夫彌吉淳二是難得的伴侶，結他彈得相當好，能做出很多特別效果。誕下兒子（還是女兒？）不久，椎名隨即和擅玩音效的結他手離婚。我對歌手的私生活興趣不大，但我的確曾經擔心過，復出的椎名已經不再是從前的椎名。二〇〇〇年，我因爲聽了椎名林檎而產生了新的小說構思。以林檎爲原型，我創造了不是蘋果這個人物，加上另一個同樣是二十來歲的女孩子貝貝，組成了小說《體育時期》的兩個女主角。可以說，這部小說是以椎名的歌曲作爲背景音樂寫成的。當中那些有點刻意模仿椎名風格的歌詞，其實是假託於兩個女主角而寫的詩歌。因爲椎名，我發現了日常生活還存在詩的可能，也通過椎名，我才得以首次寫出了類近於詩的形體的東西。我從前一直以爲，我和詩是絕緣的。《體育時期》是關於兩個年輕女孩和人生侷限搏擊的故事，但我極力避免它落入理想的追尋和幻滅的俗套，或者變成對青春的濫情頌讚和懷緬。我想寫的不是抽象的青春，而是陷於具體環境條件侷限和個人心理缺憾的成長後期生存狀態。那是在放棄個人堅持的社會化門檻上最後的停步省思。我也拒絕用友誼或其他既有的籠統觀念，去形容兩個女主角之間的關係，反而以更繁複的手法和反覆的辯解，去說明一種可以跨越人際障礙的共同感。這種共同感甚至可能——或者必須——建基於恥辱的體驗，也即是尊嚴受到生存狀況剝奪的體驗。唯有這樣我們才能找到最堅實，最可信賴的共同立足點。

在《體育時期》行將出版的今天，我又再聽著椎名的歌曲，並以之爲背景音樂進行著新的寫作，這並不是偶然的事情。我說過我曾經擔心椎名不再是我心目中的椎名。事實上，我買了椎名的新CD《加爾基 精液 栗之花》之後，擱著好一段日子沒有認眞細聽。椎名的音樂風格的確產生了變化。《無限償還》和《勝訴Strip》兩張大碟裡的搖滾風在此已非主導，原本風靡樂迷的幕後班底也徹底更換了。《賣笑Ecstasy》中的歌伎再沒有抱著結他歇斯底里地狂掃，而是穿上艷麗的晚裝，在台上踏著妙曼的腳步，以克制而近乎戲劇化的低調扮演獻唱。對，就是對演出的扮演，對身爲歌者的自覺再現，讓椎名產生了新的魅力。同時期推出的電影《百色眼鏡》也貫徹了同樣的身分扮演主題。《百色眼鏡》是一齣十分怪誕的短片，講的是男私家偵探受委託查探一個女演員的眞正身分，女演員對偵探表示好感，多次邀他到家裡作客，但當偵探晚上到演員的房子窺探，卻看見她變成了另一個有如歌伎一樣的女子。到了最後，究竟事情是眞是幻，也無從確知。椎名飾演晚上的女子，在劇中出場不多，而且幾乎看不到她的正面。倒是在DVD封套上面，她的歌伎造形十分鮮明。（順帶一提，《百色眼鏡》的硬照由攝影大師荒木經惟操刀。）這種自況的特質其實早就有跡可尋，甚至可以說是一如既往。從《幸福論》開始，椎名就不單只是一名新進女歌手，她一上場就已經密謀扮演新進女歌手的角色。當她自封新宿系音樂女王，就已經表明了自身與賣藝者的認同。可以想像，椎名絕不會自稱藝術家，她甘於以歌伎自居。當我逐漸體會到這一點，疑慮就徹底釋除，椎名新作的魅力也就更鮮明和強力地震撼和感染著不再有所保留的我。

《加爾基 精液 栗之花》非常形式主義地把全長剪輯成四十四分四十四秒，曲目順序是：壹・宗教；貳・**Dopple/ganger**（死靈）；參・迷彩；肆・請珍重；伍・完成工作；陸・莖；柒・自尋煩惱；捌・喜愛的；玖・意識；拾・**Poltergest**（喧嘩鬼）；拾壹・葬列。當中很明顯從初生孩子得到啓發的〈意識〉，和常見的流露父母之愛的歌曲大異其趣：

簡單說有腦袋的話就簡單去收拾掉
只要稱之為孩子就可以不受污染
給我一點光合成　給你適合你的遺傳基因
人是不是都喜歡無可奈何的事

「別說謊」

彷彿只要一哭這蒼白的手就什麼都唾手可得
答案很單純　彼此互相吸引　我是這麼愛你　可能吧

要到幾歲寂寞與恐懼才會消失
難道有了孩子痛苦就會消失
你憧憬的青春期　和我運用的反抗期

也許最初你就喜歡耍嘴皮子了吧
「別說謊」

只要一哭管他什麼規則都能顛覆而如願以償
答案很殘忍　彼此互相欺騙　你的愛情如斯　也許

知道太多　不眠的夜晚自殺未遂
已經氧化為記憶的這個漱口水　迷彩
跟要不到沒有的東西而生氣的幼童一樣
母親大人　您以混紡的我為恥嗎
你所愛的　我

歌曲裡呈現出一個困惑的母親的形象，這和常見的幼兒呵護者的角色相距甚遠，而母親的困惑，源於對幼兒角度的代入，以至於回復到幼兒意識裡的自我中心和對外界的種種焦慮。那是相當微妙的重疊和對照。大概只有椎名林檎才能寫出這樣怪異而又真確的母子關係吧。

從HMV出來，和野田老師一起走路到JR池袋站，在人頭湧湧的車站通道上告別。老師去搭地鐵，而我們則坐JR到代官山。我們先坐山手線到澀谷站，再轉乘東急東橫線到代官山站。書上說代官山原本是高級住宅區，近年把房子改裝成商店，街道既保留了低密度住宅區的清幽，店子又有優雅高尚的品味。代官山站非常狹小，可見從前不是一個人流旺盛的區域。看看手錶，已經是晚上七時，我在車站內找國際電話，但不果。從車站一側出來，剛剛亮上晚燈的街道有一種精緻感。四周都是昔日有錢人居住的兩層高房子，有的還有圍牆，野田老師從前就是住在這樣的房子裡的吧。她還說那時候會踩單車出入，那可以說是一種貴婦人隨俗的優雅。街道上沒有汽車，只回響著寥落行人的腳步聲。店子分布零星，以商店區來說，環境未免過於冷清。我們不知道該怎麼走，就只是信步瞎逛。那些兩層房子也裝上落地玻璃，店內的瑩亮燈光和精美衣飾，襯托在暗藍的天色下，有一種剔透之感。我們其實是喜歡那樣的初晚街景，多於看店裡的貨品。掠過一間又一間店鋪，沿著小街往下，不覺間來到和大路連接的地方。外面是下坡的分叉路，交通甚繁忙，汽車的喧囂和剛才的清靜對比強烈。我們猜想，馬路一方通往目黑區，一方通往惠比壽。書上說過從代官山可以徒步到惠比壽，於是我們就順著猜想中往惠比壽的方向下山。路旁還有好些大小店鋪，書上的用詞是「個性店子」，那大概就是另類、小規模和凸顯店主的個人品味的意思吧。不過，那些個性店子似乎生意不佳，所以這樣的名稱也包含爲追求理想而虧本的含義。我回想旅程中所見，在日本這個高度消費主義化的地方，商店——無論有個性與否——似乎多半也門庭冷落，不知是否經濟不景氣的表現。如此一來，爲什麼還要讓消費行業大肆擴張，而不索性乘機去除原本就是多餘的東西？爲什麼明知虧本還是要自願葬身其中？難道這就是個性的表現？消費主義對「個性」的定義到了最終就是要泯滅個性吧。

寫到這裡，適巧讀到七月九日《明報》副刊上的一篇題爲〈新・工作倫理——讓我們重建善良的經濟邏輯〉的文章，作者是許寶強。文章指出在疫症之後香港政府所提出的挽救經濟方案，依然只是集中在回復過去的鼓勵個人多消費、少休息的模式，而沒有反省這個模式本身的問題。文章開頭說：「香港過去三、四十年高速增長，儘管令港人物質消費增加，但同時卻並不見得使港人生活得更健康更快樂。香港主導的價值觀念只強調物質的重要性，忘卻高速增長其實也意味著高速破壞——對自然生態和人類精神體質的破壞，更要命的是沒有認眞地花費精神和物質資源於修補及培育自然生態和人類精神體質，造成今天我們要面對非典型肺炎危機和隨之而來的困局。」作者質疑的是，爲什麼我們必須把以往的持續不斷的高增值生產和生活模式，視爲理所當然的追求，而漠視了我們爲了這不必然的經濟體系而犧牲的社會和個人代價。作者提出向北歐小國學習的建議。這些國家並不追求經濟上的高速膨脹和無度攫取，但它們的物質生活豐富，社會和諧，精神文化深厚。作者的結論是：「如果願意大膽一點，也許我們最終會發現，接受零增長、平均收入分配、減少工作消費、學習享受餘閒，這些或許『陳義太高』的『反操勞』理想經濟生活要求，可能比目前較『現實』

的政策，會更有生命力。」這可能比早前提到的梭羅式經濟學溫和，但相對於根深蒂固的既有觀念，在很多人眼中還是太激進和不切實際吧。我倒對許寶強的想法深有同感。他以經濟和社會學研究者的角度，清晰地說出了我心中模糊的感受。人生苦短，是老生常談，及時行樂，聽來又自私自利。可是，如果人生的「樂」不能成爲正當的追求，相反卻把人生浪費在毫無必要的「操勞」上，還以爲這是改善自己的人生甚或是改善社會的「貢獻」，結果卻只是虛度寶貴的歲月，和加速了社會的耗損和敗亡，或者是不自覺地支持了別人的掠奪和剝削，那到頭來所謂「積極」的「人生奮鬥」也不過是自欺欺人。我們要趁這個時候，徹底反省我們的工作和經濟倫理。

我在日本觀察到相似的虛耗。代官山無疑是相當精緻，但無數像代官山一樣的購物區背後的代價難以計算。我們往山下走了一段，兩旁的樓宇開始變得高聳，店子疏落，代之以齒科之類的招牌。我們見勢頭不對，怕走錯路，就往山上折返。重新拐進山上的小巷，走上跨越電車軌的行人天橋，下來才發現是代官山車站的另一側出口。這邊店鋪更加集中，不遠處有一組新型建築群，下面是高級店鋪，上面是六七層高的高尚住宅。這裡相信就是代官山有名的商住式社區規畫吧。過了這個高級社區，繼續在那些風貌類近的小街中穿插，不久我們便迷路了。我憑直覺一直往下坡的方向走，反正日本的鐵路系統這麼繁密，過不久總會走到什麼車站。就這樣曲曲折折地下山，從一條橫街穿出，赫然就看到車水馬龍的的大街，和指向惠比壽JR站的路牌。想不到柳暗花明，眞的走到惠比壽。車站外的道旁有一列電話亭，我逐一查看卻竟然沒有一個可以打國際長途。一方面又煩惱著不知去哪裡吃晚飯。後來欣就說，去花園廣場。花園廣場雖然說是在惠比壽，但事實上頗有點距離。從JR站過去，要經過多段行人電梯，全程少說也要十分鐘。五年前我們去過花園廣場，但並不算對那裡特別懷念。那不過是另一個大型商場而已。不過，既然在附近，我們就決定再去，而且彷彿記得那裡有拉麵店子。我們在行人電梯上大步踏行，速度加倍。來到花園廣場的露天入口，心裡有依稀的印象。在入口左面是啤酒博物館，和一間很大的西餐酒館，桌子都坐得滿滿的，有日本人也有西人。所謂廣場其實是商場建築物中央的空地，上空吊起巨型的金屬管花葉形裝置。我們走進地底的食店坊，通道一旁的三越百貨正在關門中，另一邊排列著三間食店。一間是樣子看來甚爲昂貴的日本料理，一間是叫做銀座的日式西餐廳。我們上次來就是在這間銀座餐廳吃飯。看著櫥窗裡陳列著的塑料食品模型，才記起我們在這裡吃過仙台燒牛舌。我們在今次出發前還計劃著去仙台吃燒牛舌，想不到原來早就吃過了。第三間店在最裡面的角落，叫做滿龍拉麵。不知爲何上次我們沒有選它，滿龍其實是頗有名的地道拉麵店。店子的裝潢刻意弄成街坊式的粗糙，用以照明的是沒有格調的光管，座位都像香港的茶餐廳卡位，和高級商場格格不入。我們在收銀員那裡買了票，我要的是凍拉麵，欣要的是九州叉燒拉麵。凍拉麵甚有特色，是夏日的特別推介，但拉麵始終是要熱吃才能品嚐到那湯汁的鮮味吧。在這個沒有期待的旅行最後一天的晚上，想不到會誤打誤撞從代官山走到惠比壽，又想不到會重遊花園廣場，更想不到會吃到這麼美味的拉麵。一連串的意料之外的事情，讓兩個人一起吃拉麵的時刻顯得特別難忘。捧著飽脹的肚子出來，在三越門外找到國際電話，投了十個一百圓打回香港。媽媽說孩子可能在記掛我們，這兩天心情煩躁。我不知這是不是想當然。我想和新果說話，但他肯定不知道是什麼回事，在電話旁只懂吵鬧。如果他從聽筒裡稍有一點認得父親的聲音，那也只會讓他對這奇怪的狀況更形困惑吧。我說，爸爸媽媽明天就會回來了。他當然不會明白，但我還是這樣說了。就算是面對面，我們也是一直在向他說著他幾乎完全不明白的話吧。從幼兒的角度，對大人的那些孜孜不倦表情十足的聲音究竟有何感受，這是我很想知道的事情。聽不懂內容的說話，還有溝通的作用嗎？可是，我也聽不懂椎名的歌（除非一邊聽一邊讀著歌詞譯文），為何卻好像還是從她的聲線中，毫無障礙地明白到當中激憤與低迴？可不可以說，在幼兒化的意識中，存在著人與人之間直感式溝通的可能？

在離開花園廣場之前，我們在空地的長椅子上小坐一會。在這精心設計的山頂休閒區，連夜色也特別精美。廣場上有人遛狗，而且都聚集在一起，大概是犬隻每晚的例行社交活動。一對年輕男女各拖一隻小狗出現，那個男的電了個爆炸頭，比他的小狗還搶眼。就算我對狗隻毫無認識，一看就知那些都是名種狗。名種狗只和名種狗社交，這和有錢人只和有錢人交往道理相同。我百無聊賴，就模擬遠處那些狗朋友們的說話，什麼你和我玩我和他玩之類的，吵架或者打情罵俏。一隻生面孔的狗隻走過去，名種狗們群起吠叫，我就假設新來者被排斥，給奚落說：池袋狗滾開吧，我們這些惠比壽狗不會和你玩！換轉是代官山狗，待遇就不一樣了。我們在花園廣場就盡在扯這些胡話。

回到池袋已經是晚上九點半，穿過商店街的時候，人潮已經開始散去，四周都是三五成群飲飽食醉起程回家的年輕男女。欣突然說想去唱卡拉ＯＫ。我知道她死心不息，想看看椎名林檎的卡拉ＯＫ影碟。我面有難色，覺得唱卡拉ＯＫ沒有什麼意思。另外，也是因爲我的退縮心態在作祟，我對走進陌生城市的通俗娛樂場所有點顧忌，好像那是個自己完全沒有把握的地方。這時候我躲進「旅客」這個身分的保護殼裡，情願把自己的活動範圍侷限在觀光點和酒店之類專爲旅客而設的安全空間裡。不過，也同樣由於欠缺積極的反抗情緒，我還是陪欣走進Big Echo。這時段的Big Echo顧客疏落，接待處空空如也。我們在門口看了價目牌，每人每半小時四百圓，頗爲合理。欣到接待處再問清收費細則，我們就拿了個二樓的房間。負責招待我們的是一個樣子斯文的年輕男子，進房之後，他就細心地以緩慢簡潔的日語爲我們解釋了器材的操作，諸如如何選曲和輸入之類的事情。他以爲我們想唱中文歌，就把厚厚的歌集翻到中國語的部分。欣問他有沒有椎名林檎，他臉上露出一絲驚訝，隨即翻開歌集中相關的部分。的確有椎名林檎。欣十分興奮，繼續用日語追問服務員各種我不明白的問題。只見服務員一邊說一邊擺手，又做著各種誇張的動作。後來欣向我解釋說，服務員告訴她沒有椎名林檎在畫面裡演唱的卡拉OK，在日本根本就不可能有歌星自己演繹的卡拉OK，因爲版權費會是天文數字，沒有卡拉OK公司付得起。所以，所有日本卡拉OK影碟也只會配上其他畫面，連音樂伴奏也不可能是原裝的。服務員隨即選播了椎名的〈同一夜〉作說明。旋律的確是椎名的〈同一夜〉，但畫面卻是某對不知名的男女作主角的短片，伴奏也是十分粗糙的電子琴合成音樂。那完全是香港從前由飛圖出品的卡拉OK MTV的風格，都是些男女主角神態造作可笑，衣飾裝扮過時，情節老套甚且有如小電影的劣質製作。盡心解說的男服務員禮貌地退出去之後，欣就選唱了一支又一支椎名的歌曲，完全無視於畫面的可怕效果。那和椎名親自構思和演出的MTV眞是有如珍饈和狗屎的差別。不過，當我坐在一旁，觀看著狗屎化的椎名歌曲影碟，卻又感到了一種令人莞爾的興味。加上欣非常認眞投入的歌聲，和她臉上流露出的終於能在卡拉ＯＫ唱到椎名的滿足感——雖然因爲狗屎化的畫面而打了折扣——我不由得重新評估這次意料之外的體驗。一小時後，我們付了一千六百圓，帶著滿身菸味，從Big Echo走進深夜的街巷。欣努力地把差不多所有椎名的曲目也唱過了，我也覺得自己給她拉到卡拉ＯＫ絕對不是壞事。我又再一次默默地向她稱臣。

在回酒店的途中，發現Libro書店原來十一點才關門，於是又進去逛逛。我沒有什麼想買，只是漫無目的地看看這看看那。找到三島由紀夫的「豐饒之海」共四冊，分別是《春雪》、《奔馬》、《曉寺》和《天人五衰》。又找過大江健三郎的書，但竟然一本也找不到，不知是不是自己看漏了眼。這才又想起，早前在ＨＭＶ忘了找大江光的其他ＣＤ作品。欣在另一邊埋頭翻書，臂彎裡已經捧了一大堆，包括日語辭典、日語成語和敬語學習的漫畫。欣不單是個字典狂，還是個日語狂。不過，單單就她在下午和野田老師的談話和在卡拉ＯＫ和服務員的對答，我就沒有理由認爲她買這些書是浪費金錢。這當中有一種純粹的，沒有任何功利目的的學習熱情。

這天臨睡前，在電視上看到一齣關於兩個中年女人的命運的西片。一個是醫護人員，一個是銀行經理，兩個女子也遇到了生命的難關，被自己身爲女人的事實所困，最終卻在對方身上尋到認同。根據劇中的一個占卜師的預告，兩人結果大概會發展到同性戀的關係吧，但我們只看到一半就沒有看下去。影片有一種樣板的政治正確性，令人頗感乏味。我在回味著滿龍拉麵，和沒有椎名的椎名卡拉ＯＫ。

5. 第五天

返程

回程當天發生的事情，大概不足以成爲這篇文章的後記。我們五點起床，六點前退房，六點十分已經坐在往機場的巴士上。同車的有五個香港女孩，每人除行李外還挽著四五袋東西，相信是這次旅行的戰利品。我們到達機場才七點半，班機卻是十時起飛。很快便辦好行李寄艙手續。利用剩餘的電話卡度數打了國際電話回港。離登機還有漫長的空閒時間，唯有逛機場商店打發，順便花掉剩下的零錢。隨便買了香蕉糕和無花果，剩下最後的二百二十圓，在溫室蕃茄和青森蘋果之間徘徊不定。結果我們買了那個減價青森蘋果，當晚在家裡切開來吃的時候，大家也覺得味道像雪梨。欣即場吃光了那包無花果，嘴裡帶著無花果的甜味回香港。無花果在日本又稱做映日花，可用作製造染料映日紅。椎名林檎的最新單曲叫做〈映日紅之花〉，收錄在《賣笑Ecstasy》的ＤＶＤ裡，配上椎名自剛出道以來工作之餘的即興錄象片段。那是扮演背後的椎名，眞實的椎名，但也同樣是在扮演中的椎名。她在扮演日常的自己，但她一定深知，一旦成爲歌手，就沒有日常的自己可言。當中最早的錄影片段裡有英國的街景，可能是椎名在推出處女細碟之前，唱片公司安排她到英國受訓的生活實錄。那是五年前的椎名，二十歲的椎名，初出茅廬的少女椎名。五年的光陰，在略帶沙啞的歌聲，和清朗的結他伴奏裡，閃回，閃逝。

由於機上乏善足陳的種種，那從東京到香港的航班就彷如眞空，唯獨是舌頭上的無花果味道把空隙兩端連接起來，讓遠離生活現實的旅程有實質的根據。在回港的健康狀況申報表上，我在職業一欄塡上「講師」。欣問我爲什麼不塡「作家」，我說我不知道。可能是因爲，我潛意識裡認爲香港根本就沒有「作家」這種職業吧。從機場出來，天氣變得悶熱。坐機場巴士回家，一路上的風景是那麼的熟悉，但又彷彿哪裡呈現不顯眼的扭曲。我看看車上的乘客，路上的車輛，街上的行人，都是那麼的理所當然，都那麼牢牢地嵌在自己的位置裡。我突然想起在往奧多摩的電車上遇到的鄉民。活在這個城市裡的人，其實和鄉民沒有分別。我在巴士上層的座位上，問欣知不知道我回到香港有什麼感覺。她等我說出來，我就說：是侷促之感。

回港後第二天，我趁記憶還未淡化之前，把旅行中的種種瑣碎事記錄下來，並且打算寫成一篇文章。爲什麼要寫卻不知道。甚至在眞的下筆的時候，也還未明瞭當中的意義。這篇遊記如果還算有點意義的話，那都是在逐日寫作的過程中，逐步發現的。憶述旅程讓我從生活抽離，在想像中回到那些栩栩在目的場景。可是生活也不斷對寫作發生干擾，相關和不相關的事情滲入到思緒中，揭露或者創造聯繫。到了最後，再沒有無關痛癢的事情。只要我們用心探究下去，所有事情也是相連的。當納博哥夫以《Speak, Memory》作爲自傳的書名的時候，他不是在回憶，而是在召喚。呼應的聲音，總是眾數。就像顧爾德的對位法廣播，表面聽來含混雜亂，背後卻有層次和結構。

在寫這篇遊記的期間，發生了七一大遊行這件歷史性事件。在七月一日香港特別行政區回歸祖國六周年紀念當天，五十萬人上街遊行，反對政府就基本法第二十三條國家安全條例草案的立法，並且在未有充分諮詢公眾和尊重各界的反對意見的情況下，強行於七月九日立法會暑期休會前最後一次會議上提交作二讀及三讀。以當時的形勢評估，政府在議會得到某些所謂「保皇」黨派的支持，法案獲通過的機會極大。遊行下午三時從維多利亞公園出發，以中環政府總部爲終點，五十萬人的隊伍到晚上十時許才全部走畢全程。在超過攝氏三十二度的烈日下，香港島自銅鑼灣至中環的大街上塞滿了穿黑衣的遊行人士，那是難以想像的一幅外遊圖。這也是一種形式的「遊」，而如果把過程記述下來，也可以說是一種「遊記」。我和欣跟隨人群從中央圖書館出發，在銅鑼灣的一條短小的橫街擠塞了近一個鐘頭。街道兩旁的舊樓像兩堵高牆，把上萬人的喊聲和呼吸困在狹窄的空間裡。我很快就把帶來的水喝光了，加上太陽毒熱地曬，人群擠得透不過氣，雙腿就開始乏力。以往間中也會因爲過度操勞而發生這樣的情況，但困在人群中間，我加倍擔心有事的話不容易出去。我扶著欣的肩膊，隨大隊蟻步向前。終於離開橫街匯入大道的時候，我有一刻覺得雙腿要失去知覺。我想起早不久在日本旅行，就算是在海岸和山區走一整天，體能也沒有應付不來的狀況。我和欣說，不如象徵式走到灣仔吧。我們在隊伍裡不斷地落後，但還是拖著腳步前進。到了灣仔，我就說不如走到金鐘。到了金鐘，我就說還是走到中環吧。結果還是來到中環了，雖然沒有上政府總部，但也算是差不多走畢全程。可是，在過程中我一直擔心的還是自己雙腿還行不行。這時候才體會到，走路並不是一件簡單的事。

完成這篇遊記當天，也即是七月十日，早上帶兒子逛完公園回來，把他放在我媽媽那裡，自己就去吃午飯。我習慣在吃午飯的時候看報。這天報紙的頭條新聞是，之前一天晚上，也即是七月九日晚上，五萬人於中環立法會外集會。本來七九集會是七一反二十三條抗議的延續，但因爲三天前立法會裡原本支持政府的自由黨突然宣布會投反對票，黨魁也辭去行政會議成員的職務，令政府在贊成票不夠的情況下，不得不決定延遲審議草案。七九集會的主題於是也就改爲，要求儘快實現特首和立法會全面普選，還政於民。集會相當和平，理性，而且訴求強烈有力。不過，民主體制是一件複雜的事，政治也如是。集體行動追求的是基本共同理念的實踐，但具體情況中卻有個人不同的見解。回到首先提出「公民抗命」這觀念的特立獨行者梭羅的看法，我們會發現，其實梭羅不信任議會、選舉、投票、法律等等民主體制的組成元素。不過，他最終還是對心目中的理想國家作出了熱情的盼望，也同時流露出深刻的憂慮。事實上，他沒有用「盼望」這個較肯定的詞，而選擇說「想像」：「There will never be a really free and enlightened State, until the State comes to recognize the individual as a higher and independent power, from which all its own power and authority are derived, and treats him accordingly. I please myself with imagining a State at last which can afford to be just to all men, and to treat the individual with respect as a neighbor; which even would not think it inconsistent with its own repose, if a few were to live aloof from it, not meddling with it, nor embraced by it, who fulfilled all the duties of neighbors and fellowmen. A State which bore this kind of fruit, and suffered it to drop off as fast as it ripened, would prepare the way for a still more perfect and glorious State, which also I have imagined, but not anywhere seen.」上面這段引述中的第一句可以用來概括我們此時此刻的訴求，但第二句卻宣示了梭羅個人化的主張，那即是一個體制必須接受和尊重個人自外於體制的選擇權利，後者恐怕是我們暫時未能理解的事情。

同一天的報紙還有一宗日本新聞。事件發生在長崎市，時間是七月一日黃昏，四歲幼童種元駿在商場給一名不相識的十二歲少年拐走，其後遭脫光衣服從八層高停車場頂樓拋下死亡。少年行兇後還特意走到男童伏屍位置確認對方已死亡，並把死者的衣物放在旁邊。據報導說日本的教育界對一個剛升上初中的少年犯上如此殘忍的罪行深感震驚。事實上這並不是個別事件。一九九七年在神戶就曾發生十四歲少年殺害小學男童然後把砍下的頭顱放在學校門前的事件。最近又有三名少年毆殺同學埋屍公墓的案件。報紙上刊登了四歲的種元駿的生前照片。照片因爲放大而變得模糊，不過神情還是十分活現。我不能去描繪這張照片，甚至不能多看一眼。作爲在養育一個初生孩子的父親，我沒法制止自己作出這樣的聯想——自己的兒子變成受害者，或者加害者。無論是前者還是後者，也超出了常人的想像力，以一種巨大的不解的虛空把父母的心靈擊碎。我想起在日本電視教育節目裡，努力思索四十八除四的方法的可愛孩童。那個想到把四十分成十份，把八分成兩份，然後把十份和兩份加在一起，得出十二份的孩子，如果沒有不幸被害，將來會長成一個怎樣的少年？和一個怎樣的成人？

一直以來，我把大江健三郎視爲人生反思的引導者，反覆閱讀他的小說和文章，期望在不同的事情上了解他的看法。大江的嚴謹和深思，在想通一個問題之前絕不輕牽談論的態度，我到現在還沒有學到多少。對於孩子，大江健三郎還是充滿寄望。他給孩子寫了《爲什麼孩子要上學》這本書裡面的散文，以自己的成長困惑爲共同點，和孩子談到對時代的關懷和責任等等非常嚴肅的課題。我早前曾經提過，大江健三郎隨筆集裡的一篇題爲〈走向「新人」〉演講稿。文章中表達了作家對孩子的看法：「我之所以對人基本上是信賴的，是因爲我知道孩子們身上有一種戰勝混亂的自律平衡感覺，或者說是一種整合的能力，換言之，就是有想像力。對孩子來說，文學，就是能夠對付這些混亂的個人支柱，但它又可能成爲加速混亂的可怕因素。」他接續談到馬克吐溫的《哈克貝利費恩歷險記》（或譯作《頑童歷險記》）對自己的影響，把書中少年主角哈克目睹了死人的恐懼，視爲自己少年時代對死亡的感受的啓蒙。他又提到海明威的《老人與海》中，老漁夫在海中獨自奮戰時，對在學習捕魚的男孩的記掛和寄望。然後大江談到自己的智障兒子大江光，談到三島由紀夫的自殺和日本文學的衰落，最後介紹了自己的新作《空翻》的內容和主題。在《空翻》這部小說裡，最重要的意念就是所謂「新人」。那是大江從新約聖經〈致艾菲索人書〉擷取的詞語，用以指稱一個為人類罪惡懺悔和尋求救贖的宗教團體的少年繼承者。在更普遍的層面上，大江所指的「新人」就是能肩負時代的再生的未來兒童、少年和青年吧。

在寫完這篇遊記之前一天，我收到一個學生的來信。她是個念中四的女孩子。我去年到她就讀的中學教寫作班，她是班上特別熱烈投入的學生。之後我們沒有再見過面，但還有保持書信來往。後來通信變得比較疏，SARS疫症出現後，就暫停了聯絡。想不到昨天又再收到她的來信。信件寫於七月一日，那是她剛剛考完期終試之後。她談到最近的一件事，內容是這樣的：「近來呢，我成日思想都好偏激。有一日星期日朝早，我如常返教會，本來情緒冇乜野，心情都幾好，但無端端聚會期間，突然覺得好想即刻走，又突然覺得好唔開心，覺得自己好無意義，又突然覺得自己時日無多，總之好想走，D感覺強烈到令我想嘔……於是我同mummy講話我有D唔舒服想走先，點知mummy唔俾，我就好唔好脾氣咁對mummy，搞到mummy佢當場喊，但係我真係唔想咁，但係又控制唔到……個一刻我真係好灰，突然好似到自己響度嘔血死，D感覺真係好真實，我簡直覺得我個一刻唔受控制，好似完全失去意識咁，好辛苦。後來我坐係度，冇走到，但係不停咁喊，喊到自己都覺得好累好累……。傳道人帶左我去輔導同傾下計……佢叫我凡事倚靠主，但係我覺得有D『空』既感覺，我好想走，至少走出自己咁千篇一律既生活先la……」

我希望你不會介意我在這裡引述了你的信。我這樣做，是因爲我覺得你說出了我們所有人也共同感到的難以名狀的東西。那是人生根本的困惑。這困惑在成長期最爲強烈，令人有突然想哭想嘔的衝動。那是一種看似無端的忩然。不是因爲個別的人，個別的事，而是爲了生存在世上這事實本身。是因爲，我們都必然存在於侷限中。侷限可能是外部的，環境的，人爲的，或者是內部的，本然的。你的信說出了我在《體育時期》裡想說的東西，於是我知道，自己並沒有曲解小說中的年輕主角們的感受。作爲老師，對於學生遇到的困難，我無法給出權威的指導，而大概只能像野田老師一樣，重複說出「大丈夫」吧。

我和欣到日本漫遊又回來了，我走進記述裡的漫遊也必須回程，回到此時此刻的現實裡。這個下午，陰晴不定，我聽著椎名林檎的歌曲，寫到這篇遊記的終結。我在音響上再次播放《加爾基精液 栗之花》的〈肆・請珍重〉：

神清氣爽　身體也還能自由活動
眼睛看得見的好　看不見的好
鄰家的草皮　若看起來綠意盎然就儘量睡吧
包紮肌膚的紗布是白色謊言　甜美陷阱
要自我背叛當然選輕鬆的方式
畢竟是大人了　就允許我輕聲哭泣與歡笑吧
直到可以呼吸為止

如果到斷氣前都能聞到相同的風的氣味就好
可得的尊貴　得不到的尊重
依照謹記著的　祕密地圖冒雨出門吧

淋濕背部的是紅色的疑慮　嚴苛的懲罰
就當作身處俗世到處充滿難以承受的悲劇
畢竟是大人了　今日就允許我歌唱與歡笑吧
該保護的我還是會守護

後記

有一晚欣突然問我記不記得某句日語的意思。我說：記得，是在東京旅行的時候讀到的吧。不過，具體是在哪裡發生卻並不確定。只記得當時欣在看Lonely Planet出版的英日會話對照小冊Japanese Phrasebook，那句說話的音譯是「watashi wa fukachironja desu」，念出來和廣東話的發音差不多。欣笑說：一個遊客在日本能用上這句話的機會微乎其微吧。片語書的精細考慮讓它讀來更像一本笑話書。我奇怪自己爲什麼會漏掉這個有趣的細節，整晚思索著如何把它加插到遊記的正文裡去。可是，應該補到哪裡去，卻怎樣也想不起來。可能是在飛機上，或者巴士，或者電車上，或者在某個月台。結果這句說話就像被斷章取義一樣，沒法尋回前文後理。但我又不忍割捨，唯有給它闢一個後記。

這句說話在片語小冊上的英語對應是：「I'm agnostic.」用廣東話念出來，就是：我是不可知論者。

附錄

港／台慣用語對照

24頁 布甸／布丁

33頁 酸乳酪／優酪乳

54頁 《澀谷二十四小時》／《援助交際二十四小時》

65頁 《IQ博士》／《怪博士與機器娃娃》

66頁 《小飛俠》／《原子小金剛》

《鐵甲萬能俠》／《無敵鐵金剛》

《三一萬能俠》／《蓋特機器人》

《飄零燕》／《小天使》

《義犬報恩》／《龍龍與忠狗》

72頁　士多啤梨／草莓

106頁　菲林／軟片

134頁　布殊／布希

美娜祖華域／蜜拉喬娃維琪

路比桑／盧貝松

《地痞酒店謀殺案》／《百萬大飯店》

149頁　波子汽水／彈珠汽水

154頁　初小學生／小學一到三年級的學生

162頁　雲呢拿雪糕／香草雪糕

171頁　電結他／電吉他

190頁　細碟／單曲

國家圖書館出版品預行編目資料

東京・豐饒之海・奧多摩／董啓章著.--臺北市：高談文化，2004〔民93〕
面；　公分
ISBN　986-7542-37-1（平裝）

855　　93008817

TRACE 02

東京・豐饒之海・奧多摩

作　者：董啓章
發行人：賴任辰
總編輯：許麗雯
主　編：劉綺文
編　輯：李依蓉
企　劃：張燕宜
行　政：楊伯江
出　版：高談文化事業有限公司
地　址：台北市信義路六段76巷2弄24號1樓
電　話：（02）2726-0677
傳　真：（02）2759-4681
http://www.cultuspeak.com.tw
E-Mail：cultuspeak@cultuspeak.com.tw
郵撥帳號：19282592高談文化事業有限公司
製版：菘展製版　（02）2221-8519
印刷：松霖印刷　（02）2240-5000
圖書總經銷：凌域國際股份有限公司
電話：(02)2298-3838
傳真：(02)2298-1498
行政院新聞局出版事業登記證局版臺省業字第890號

2004年6月出版
定價：新台幣250元整